オペラ対訳
ライブラリー

DONIZETTI
L'elisir
d'amore

ドニゼッティ
愛 の 妙 薬

坂本鉄男=訳

音楽之友社

本シリーズは、従来のオペラ台本対訳と異なり、台詞を数行単位でブロック分けして対訳を進める方式を採用しています。これは、オペラを聴きながら原文と訳文を同時に追える便宜を優先したためです。そのため、訳文には、構文上若干の問題が生じている場合もありますが、ご了承くださるようお願いいたします。

ドニゼッティ《愛の妙薬》目次

あらすじ　5
まえがきとこの本をお読みになる際の注意　9
主要登場人物および舞台設定　12
主要人物歌唱場面一覧　13

対訳
第1幕　ATTO PRIMO　16
第1場　刈入れする人にはなんと素晴らしい慰めか
　　　Bel conforto al mietitore（ジャンネッタとコーラス）……………………17
　　なんと美しく、なんとかわいいのだろう！
　　　Quanto è bella, quanto è cara!（ネモリーノ）………………………………17
　　おめでたいわ、このページ{に書いてあること}は！
　　　Benedette queste carte!（アディーナ、ジャンネッタ、ネモリーノとコーラス）……18
第2場　パリスが気取って
　　　Come Paride vezzoso（ベルコーレ、アディーナ、ジャンネッタ、ネモリーノとコーラス）…21
　　そうそう、私の娘さん　Intanto, o mia ragazza（ベルコーレとアディーナ）…26
第3場　一言だけ、おお、アディーナ
　　　Una parola, o Adina（ネモリーノとアディーナ）……………………………26
第4場　この音はなんだろう？　Che vuol dire cotesta sonata?（コーラス）…………32
第5場　聞いたり、聞いたり、おお、村の衆よ
　　　Udite, udite, o rustici（ドゥルカマーラとコーラス）………………………33
第6場　思い切ってすることだ。多分、天が
　　　Ardir. Ha forse il cielo（ネモリーノとドゥルカマーラ）……………………40
第7場　愛しい妙薬よ！　お前は私のものだ！
　　　Caro elisir! sei mio!（ネモリーノ）……………………………………………47
第8場　誰だろう、あの気ちがいは？　Chi è quel matto?（アディーナとネモリーノ）…48
　　ララ、ララ　ラレラ！　La rà, la rà, la lera!（ネモリーノとアディーナ）………48
　　野蛮な女は、どうぞもう少しの間　Esulti pur la barbara（ネモリーノ）……50
第9場　タランタラン、タランタラン、タランタラン
　　　Tran tran, tran tran, tran tran（ベルコーレ、アディーナとネモリーノ）………51
第10場　軍曹さん。軍曹さん
　　　Signor Sergente, signor Sergente（ジャンネッタ、ベルコーレ、ネモリーノ、アディーナとコーラス）…54
　　アディーナ、信じてくれ
　　　Adina, credimi（ネモリーノ、ベルコーレ、アディーナ、ジャンネッタとコーラス）…56
　　ベルコーレさん、行きましょう
　　　Andiamo, Belcore（アディーナ、ネモリーノ、ベルコーレ、ジャンネッタとコーラス）…58

第2幕	ATTO SECONDO　62	
第1場	歌おう、乾杯しよう	

　　　Cantiamo, facciam brindisi（コーラス、ベルコーレとアディーナ）…………62
　　歌うことが喜ばせるならば　Poiché cantar vi alletta（ドゥルカマーラ）……64
　　ゴンドラの女船頭ニーナ
　　　La Nina Gondoliera（ドゥルカマーラとアディーナ）…………………64
　　静粛に！　公証人のお出でだ
　　　Silenzio! —È qua il Notaro（ベルコーレ、ドゥルカマーラ、アディーナとコーラス）…67

第2場　結婚パーティは　Le feste nuziali（ドゥルカマーラとネモリーノ）…………68
第3場　女とは　生き物だわい
　　　La donna è un animale（ベルコーレとネモリーノ）……………………………71
　　戦いの危険に　Ai perigli della guerra（ネモリーノとベルコーレ）………73
第4場　本当かしら？　Saria possibile?（ジャンネッタとコーラス）……………76
第5場　驚くべき妙薬を
　　　Dell'elisir mirabile（ネモリーノ、ジャンネッタとコーラス）………………78
第6場　なんという光景だろう？
　　　Che vedo?（アディーナ、ネモリーノ、ドゥルカマーラ、ジャンネッタとコーラス）……80
第7場　なんと満足気に行ってしまったのだろう！
　　　Come sen va contento!（アディーナ、ドゥルカマーラ）………………86
第8場　ひとしずくの涙がそっと　Una furtiva lagrima（ネモリーノ）…………94
　　あっ彼女だ！　Eccola...（ネモリーノ）……………………………………95
第9場　ネモリーノ!…どうしてる？
　　　Nemorino!... ebbene?（アディーナとネモリーノ）……………………………95
　　受け取りなさい　私のおかげで貴方は自由よ
　　　Prendi: per me sei libero（アディーナとネモリーノ）………………………96
最終場　止まれ！…前を向いて！
　　　Alto!... fronte!...（ベルコーレ、アディーナ、ドゥルカマーラ、ネモリーノとコーラス）…99
　　この薬は生まれつきのあらゆる欠陥も
　　　Ei corregge ogni difetto（ドゥルカマーラ、コーラス、ベルコーレ、アディーナとネモリーノ）…101

あとがき　106

あらすじ

　時は1700年代末。場所はスペインのバスク地方のある村。

　若くて村一番の美人のアディーナは、お金持ちの農園管理人であり教養もある。これまでも多くの男性に言い寄られてきたが軽くあしらって相手にしてこなかった。ところが、同じ村の若者で教養がなく貧しくいつもだらしのない格好をしているネモリーノが、よりによってこのアディーナに恋をしてしまったから大変。人の良いことだけが取柄のネモリーノはなんとか彼女の愛を得たいと思うのだが、いつも馬鹿にされるばかりである。

第１幕
第１場　舞台奥手遠くに小川の流れる広々とした田野が広がる。農園の入口の広場の木陰で、刈入れ作業をしていた農家の男女が昼休みをしている。アディーナは彼らから少し離れたところで本を読んでいる。ネモリーノは遠くから彼女を見つめ「なんと美しくかわいいひとだろう。見れば見るほど好きになる Quanto è bella, quanto è cara！….」といい、自分の恋が全然受け付けられないのを嘆く。一方、アディーナは「トリスタンとイゾルデ」の話を読んで笑い、農家の若い娘たちにせがまれて、｛中欧に伝わる中世の伝説に出てくるトリスタンとイゾルデが飲んだ媚薬の話とは全然違うのだが｝魔法の惚れ薬、つまり「愛の妙薬」の話を聞かせる。皆は、そのような薬を作ってくれる人がいればいいのにと話し合う。

第２場　そこに小太鼓の響きとともに、軍曹ベルコーレに率いられた村の駐屯部隊の兵士の１隊が登場する。女好きの軍曹は、「ギリシャ神話のパリスとリンゴの実」の話や「軍神マースとアフロディーテの密通」の話などをしてアディーナに言い寄ろうとする。恋敵の登場に気の弱いネモリーノはいらいらする。だが、ジャンネッタをはじめ村の娘たちは軍曹の甘言に簡単に落ちるようなアディーナではないという。兵隊は軒下で休憩するために、農家の人々は再び刈入れ作業をするためにそれぞれ退場。

第３場　２人だけになったので、ネモリーノはいつものように恋心を打ち明けようとするが、耳を貸そうとしないアディーナはネモリーノに重病に

陥っている金持ちの伯父さんのところに行って相続人にして貰えと勧める。また、アディーナは「気まぐれなそよ風」を例にとって浮気な自分への恋は諦めるように言い聞かせる。一方、ネモリーノは「不可抗力な力に惹かれて海に向かって流れる小川」を例にとり、自分の恋心を説明する。

第4場と第5場　片側に「シャコ亭」と看板を掲げた居酒屋がある村の広場。まもなく、ラッパの音とともに、金ぴかの馬車に乗った大道薬売りで自称ドクターのドゥルカマーラが現れる。大げさな身振り手振りで村人たちに万能特効薬と称する自分の薬の効能を大々的に宣伝し始める。人の良い村人たちはドゥルカマーラを大ドクターと信じ、宣伝にのせられ次々に薬を買い求める。

第6場と第7場と第8場　ネモリーノは、ドゥルカマーラに少し前にアディーナから聞いたイゾッタ｛＝イゾルデ｝姫の惚れ薬つまり「愛の妙薬」を持っていないかと尋ねる。ずる賢いドゥルカマーラはボルドー・ワインをビンに詰めたものを「愛の妙薬」と称して1ゼッキーノ金貨で売りつける。腹の中ではこんな馬鹿はいないと笑いながらも、飲み方や明日になれば女性が誰でも言い寄ってくる効能について説明する。ネモリーノは、空き腹に「愛の妙薬」と信じているワインを飲みすっかり陽気になり、明日になればアディーナが独りでに自分に惚れてしまうと信じ込んでいる。たまたま通りかかったアディーナは自分に急に関心を示さなくなったネモリーノの変わり方に驚き、腹を立て彼をいっそう苦しめてやると誓う。

第9場と第10場　ちょうどそのとき、ベルコーレ軍曹が登場。アディーナはネモリーノを苦しめるため、彼の前でベルコーレに6日後の結婚の承諾を伝える。だが、明日になれば現れるはずの「妙薬」の効果を信じるネモリーノは平気である。そこに、ジャンネッタたち村娘が現れ、兵士たちが軍曹を探していたと伝える。伝令が届けた命令書を受け取って読んだ軍曹は明朝の出発を命じる。軍曹はアディーナに結婚式を前倒しにして今日中に挙げることを頼むと、アディーナはネモリーノにわざと聞こえるように承諾する。これには、さすがのネモリーノも弱り切り「明日まで結婚を待ってくれ」と頼むが嘲笑われるだけである。万策尽きたネモリーノは助けを求めドゥルカマーラを探しに立ち去る。

第2幕

第1場 農場管理人アディーナの家の中で、結婚披露宴の食卓が用意され、軍隊のバンドが演奏する中を、ネモリーノを除く全員が集まって飲み食いし花嫁花婿への乾杯が続く。宴席を盛り上げるためドゥルカマーラが仕入れたばかりの「ゴンドラの女船頭と上院議員の恋」をアディーナを誘って二重唱する。そこに結婚証書作成のため公証人が現れ、一同外に出ていくが、ドゥルカマーラだけは宴席に戻ってくる。

第2場と第3場 そこにドゥルカマーラを探していたネモリーノが入ってきて、薬の効果は明日では遅過ぎるから何とかしてくれと頼む。ずるいドゥルカマーラは、効果を早めるためもう1本飲めと勧めるがネモリーノは一文無しになっていた。ドゥルカマーラは15分待つから金が出来次第「シャコ亭」に来るように言って出ていく。そこへ、軍曹ベルコーレが入ってきて絶望したネモリーノを見て、金が必要なら傭兵になれば即座に20スクードが貰えるぞと誘う。ネモリーノは戦場の危険も、親族と離れることも承知だがこの方法しかアディーナの愛を得る方策はないと嘆く。ベルコーレは軍隊に入れば恋はいくらでも手に入れることができると軍隊の楽しさを褒め上げる。結局、ネモリーノは兵隊になる決心をし契約書にサインをしてお金を受け取り、自分の計画を知らないベルコーレを軽蔑する。

第4場から第7場 農園の中庭。ジャンネッタと農家の娘たちが、小間物屋情報のネモリーノの伯父さんが死んで彼に大きな遺産を残したとのうわさ話で持切りである。一躍、近郷一の金持ちになったネモリーノに女性たちはみな色目を使い始める。伯父さんが死んで遺産の相続人になったことを知らないネモリーノは、インチキ「愛の妙薬」をたっぷり飲んで浮き浮きした気分でいた。ところが、村娘全員が自分に優しくするのを見て驚き、これぞ「愛の妙薬」の効果だと信じてしまう。そこへ現れたアディーナとドゥルカマーラはこの光景に肝を潰す。アディーナはベルコーレとの結婚にガッカリして意気消沈しているネモリーノを想像していたし、ドゥルカマーラは自分のニセ薬が効くとは思っていなかったからだ。やがて、アディーナはドゥルカマーラから、兵隊になって得たお金で、つれない女性の愛を目覚めさせる「愛の妙薬」をネモリーノが頼んだ経緯を聞き出す。もともと、ネモリーノに心の底では好意を抱いていたアディーナは、妙薬は

信じないものの、ネモリーノが実際に女性たちに追い回されているのを見て嫉妬心を起こす。ドゥルカマーラは、彼女にもあらゆる種類の女性を嫉妬に狂わせ、金持ちから貴族までを自由にできる妙薬を勧める。だが、アディーナは自分が欲しいのはネモリーノだけだと断言しこれを丁重に断る。さらに、自分の魅力にはネモリーノは勝てないはずだと明言する。さすがのドゥルカマーラも彼女に一目置かざるをえない。

第8場と第9場　ネモリーノは「人知れぬ涙が彼女の両眼に浮かんだ Una furtiva lagrima / negli occhi suoi spuntò …」と彼女にたいする愛を切々と物語る。だが、未だに「愛の妙薬」の効果を信じるネモリーノは彼女の方から愛を打ち明けてこない限り、彼女に無関心を装う決心を固める。そこに現れたアディーナは、ネモリーノに兵隊になる決心をした理由などを尋ねた末に、ベルコーレから買い戻してきた兵隊契約書を差し出す。だが、ネモリーノはまだ彼女から愛が打ち明けられないので、愛されないくらいなら、いっそ兵隊に行って死んだ方がマシだと契約書を返そうとする。ここに至っては、さすがのアディーナも自分が如何にネモリーノを愛しているかを告白し、これまでのむごい態度を詫びる。感激したネモリーノは彼女の足下に身を投げる。

最終場　兵士を引き連れたベルコーレ、村民に囲まれたドゥルカマーラも登場。アディーナに自分の夫としてネモリーノを紹介されたベルコーレは世の中にはいくらでも女性はいると強がりを言う。ネモリーノに恩人としてお礼を言われたドゥルカマーラは、早速自分の特効薬の宣伝を始め、ネモリーノの伯父さんが死んでネモリーノが突然村一番の金持ちになったのも自分の薬のおかげだと言う。初めて、伯父の死を知ったネモリーノとアディーナはビックリする。ドゥルカマーラは構わず宣伝を続け薬を売りまくる。ネモリーノとアディーナは2人を結びつけたドゥルカマーラに感謝の言葉を言い、ほら吹きの大道薬売りと悪態をつくベルコーレを除き、人々は馬車に乗り込んで立ち去るドゥルカマーラに万歳を叫んで別れを惜しむ。

まえがきとこの本をお読みになる際の注意

　この対訳書の底本は、1832年5月12日にミラノのカノッビアーナ劇場（Teatro alla Canobbiana）での初演にさいし、ガエターノ・ドニゼッティのために台本作家フェリーチェ・ロマーニが書き上げたリブレットを使用した。

　もちろん、ドニゼッティはこのリブレットの全部に作曲したわけではなく、総譜 partitura 作曲中に加筆・訂正・削除をしたが、本書ではこうした部分も註として示してある。また、イタリア語原文側には、読者のイタリア語理解への一助として、数字を振り簡単な語学上の説明および文法的説明を加えた箇所もある。このほか、声楽家およびオペラ愛好家のために、オペラの練習などで一番よく使用されるスパルティート spartito（ここでは、リコルディ社の1960年版の「L'elisir d'amore　canto e pianoforte」の中だけにある部分とない部分および、このリブレットと違う部分もイタリア語原文側に数字を振り「Spart.」と略号を記し解説を書いておいた。また、本文ト書きの違いも同じように Spart. と記して簡単な説明を加えておいた。

　訳者は、できるだけ日本語訳をイタリア語リブレットの行数および句の配列と一致させるように心がけたつもりではあるが、もちろん、不可能な場合が多い。また、読者の理解を得られるのが難しいと思われるようなときには、あえて句の和訳の順序を変えたり、原文にない説明的な言葉を｛　｝に入れて加えている箇所もある。また、リブレット中のコンマやピリオドや大文字の使い方などは、現代のイタリア語の句読点の使い方や正字法と異なるものが多くあるが、あえて元のリブレットのままにしておいたことも付記しておく。

　このほか、註に文法的説明も加えたが、次のように略してあるので注意いただきたい。直＝直接法、接＝接続法、条＝条件法、命＝命令法、現＝現在、半＝半過去、遠＝遠近法、未＝未来、1（2、3）＝1（2、3）人称、単（複）＝単数（複数）。

愛 の 妙 薬
L'elisir* d'amore

２幕の楽しいメロドラマ
Melodramma giocosa in due atti

台本：フェリーチェ・ロマーニ
Libretto di Felice Romani（1788―1865）
音楽：ガエターノ・ドニゼッティ
Musica di Gaetano Donizetti（1797―1848）

作曲年：1832年
初演：1832年５月12日、ミラノ、カノッビアーナ劇場

＊ elisir（男性名詞・単複同形。アラビア語の「哲学の石」が語源）は、アルコール飲料に薬草などを混ぜた「強壮リキュール」だが、ここでは、今や定訳となった「(愛の) 妙薬」とする。

主要登場人物および舞台設定

アディーナ Adina ·· ソプラノ
　金持ちで移り気な農園の女性管理人* ricca e capricciosa fittaiuola*

ネモリーノ Nemorino ·· テノール
　アディーナに恋する若くて単純な農民 coltivatore, giovane semplice, innamorato d'Adina

ベルコーレ Belcore ·· バリトン
　村に駐屯する軍の小隊の軍曹 sergente di guarnigione nel villaggio

ドクター・ドゥルカマーラ Il dottor Dulcamara ························· バス
　旅回り医師 medico amburante

ジャンネッタ Giannetta 村娘 villanella ································· ソプラノ

コーラス：男女の村人、連隊の兵士と楽隊など

舞台：スペインのバスク地方のある村

* fittaiuola とは、大地主の小作人あるいは大地主の農園管理人だが、ここでは｛つまり、アディーナは｝農園女性管理人とする。ただ、地主ではないことに注意。

主要人物歌唱場面一覧

役名＼幕-場	第1幕										第2幕									最終場
	1	2	3	4	5	6	7	8	9	10	1	2	3	4	5	6	7	8	9	
アディーナ	■■■							■■■■			■					■■			■■	■
ネモリーノ	■■■					■■■					■■								■■	■
ベルコーレ		■							■■		■								■	■
ドクター・ドゥルカマーラ					■■						■								■	■
ジャンネッタ	■■									■						■				■

第1幕

ATTO PRIMO

Atto primo
第1幕

〈Preludio プレリュード〉

Scena prima　第1場

Il teatro rappresenta l'ingresso d'una fattoria[1].
Campagna in fondo ove scorre un ruscello, sulla cui riva
alcune lavandaie preparano il bucato.
*In mezzo un grand'albero, sotto al quale riposano **Giannetta**,*
i mietitori e le mietitrici.
***Adina** siede in disparte leggendo.*
***Nemorino** l'osserva da lontano.*

舞台はある大きな農園の入り口を表している。
奥手に野原があって小川が流れ、その岸で
何人かの洗濯女が洗濯の用意をしている。
真ん中に1本の大きな木があり、その下で**ジャンネッタ**と
麦の刈入れ農夫の男女がひと休みをしている。
アディーナは少し離れたところで本を読みながら座っている。
ネモリーノは遠くから彼女を観察している。

〈Introduzione 導入部〉

---

(1) fattoria は、広い農場に囲まれ、農園主またはその管理人の住居を中心に、農民の宿舎や農機具保管所などの建物が並ぶ大きな農場。

Giannetta e Coro ジャンネッタとコーラス	Bel conforto al mietitore, 　Quando il sol più ferve e bolle[(2)](#), 　Sotto un faggio, appiè[(3)](#) di un colle 　Riposarsi e respirar! Del meriggio[(4)](#) il vivo ardore 　Tempran[(5)](#) l'ombre e il rio corrente; 　Ma d'amor la vampa ardente 　Ombra, o rio non può temprar. Fortunato il mietitore 　Che da lui si può guardar[(6)](#)!
	刈入れする人にはなんと素晴らしい慰めか 　太陽が一番燃えて沸き立つ時間に 　ブナの木の下で、丘の麓で 　ひと休みしてひと息つくのは！ 真昼の灼熱を 　和らげてくれるのだ、木陰とせせらぎは。 　だが、愛の燃え立つ炎は 　木陰も小川も和らげることはできない。 幸いかな、刈入れをする人よ 　彼 ｛＝恋の病｝ から身を守ることができる人は！
Nemorino ネモリーノ	*(osservando Adina che legge.)* Quanto è bella, quanto è cara! 　Più la vedo, e più[(7)](#) mi piace... 　Ma in quel cor non son capace[(8)](#) 　Lieve affetto ad inspirar.
	（本を読んでいるアディーナを観察しながら） なんと美しく、なんとかわいいのだろう！ 　彼女は見れば見るほど好きになる… 　だが、あの心の中に、ボクはできないのだ 　微かな愛情 ｛すら｝ も吹き込むことが。

(2) ferve e bolle は共に自動詞 fervere「燃え上がる」と bollire「沸騰する」の直・現・3単。
(3) appiè (= ai piedi) di... は「…の麓に」、「…の足もとに」。
(4) meriggio は文語で「正午」や「真昼の時間帯」などの意味。
(5) tempran(o) は temperare「和らげる」の古形 temprare の直・現・3複。
(6) guardarsi da..... 「…から身を守る」
(7) più .... più ....「…すればするほど…だ」
(8) cor も son もそれぞれ core (= cuore) と sono のトロンカメント形。また、essere capace di + 不定詞は「…ができる」だが、ここでは a + 不定詞 (inspirare) になっている。

Essa legge, studia, impara⁽⁹⁾...
　Non vi ha⁽¹⁰⁾ cosa ad essa ignota...
　Io son sempre un idiota,
　Io non so che⁽¹¹⁾ sospirar.

彼女は本を読み、勉強し、{知識を} 身に付ける…
　彼女には知らないことはない…
　{だが、} ボクは相変わらず馬鹿で
　ボクはため息をつくことしかできない。

Chi la mente mi rischiara?
　Chi m'insegna a farmi amar⁽¹²⁾?

だれか、ボクの頭を明晰にしてくれないかしら?
　だれか、ボクに愛される {手だて} を教えてくれないかしら?

Adina
アディーナ

(ridendo.)

Benedette queste carte⁽¹³⁾!
　È bizzarra l'avventura.

(笑いながら)

おめでたいわ、このページ {に書いてあること} は!
　馬鹿馬鹿しいわ、この {恋の} 冒険は。

Giannetta
ジャンネッタ

Di che ridi? fanne⁽¹⁴⁾ parte
Di tua lepida⁽¹⁵⁾ lettura.

なにを笑っているの? 私たちも
貴女の楽しい読書の仲間に入れてくださいな。

Adina
アディーナ

È la storia di Tristano⁽¹⁶⁾,
È una cronaca d'amor.

トリスタンのお話なの、
恋の出来事なの。

Coro
コーラス

Leggi, leggi.

読んで、読んで。

---

(9) imparare の普通の意味は「習得する」だが、ここでは「知識を身に付ける」の意味。
(10) vi ha (= vi è) {ある} の古い形。
(11) non....che + 動詞の不定詞は、「(動詞) を除いては…である」。
(12) farmi amare の fare は使役で「…させる」つまりここでは「私を愛させる」になる。
(13) carte は「紙」の複数形だがここでは「ページ」のこと。
(14) fanne = fa' (fare「させる」の命・現・2単) + ne (= ci「我々を」の古・詩形)。また、fare a parte di... は「…に参加する」。
(15) lepido は詩語で「楽しい」。
(16) Tristano {e Isotta} は中欧伝説『トリスタン {とイゾルデ}』のこと。

Nemorino ネモリーノ		(A lei pian piano Vo'[17] accostarmi, entrar fra lor.)

    （彼女に　静かに静かに
    近づいて、かれらの間に入りたいものだ）

Adina　*(legge.)*
アディーナ
  Della crudele Isotta
   Il bel Tristano ardea[18],
   Né fil di speme[19] *avea*
   Di possederla un dì[20].

 （読む）

「むごいイゾッタに
 美男のトリスタンは燃えておりました
 だが、一縷の望みもなかったのです
 いつの日か、彼女を自分のものにするとの。

 Quando si trasse[21] *al piede*
  Di saggio incantatore,
  Che in un vasel[22] *gli diede*
  Certo elisir d'amore,
  Per cui la bella Isotta
  Da lui più non fuggì.

彼が賢明なる魔法使いの
 足下に身を投げ出したとき、
 ｛魔法使いは｝彼に与えました。小さな壺に入った
 ある愛の妙薬を。
 この｛薬の｝ため、美しいイゾッタは
 彼からもう二度と逃れませんでした。」

---

(17) vo' は voglio の -glio を省略した形。
(18) ardea は ardeva の詩形。次行の avea も同じく aveva の詩形で、以後もこの省略形の直接法半過去は何度も出てくる。
(19) speme = speranza「希望」の詩形。
(20) dì = giorno で un dì は「いつの日か」。
(21) si trasse は trarsi の直・遠・3単で、ここでは「身を投げ出す」の意。
(22) vasel は vasello「小さい壺（瓶）」のトロンカメント形。

Tutti 一同	Elisir di sì[23] perfetta, 　Di sì rara qualità, Ne sapessi la ricetta[24], 　Conoscessi chi ti fa!

　なんと完璧な
　　なんと稀なる性質を持った妙薬だ、
　その処方を知りたいものだ
　　誰が作ってくれるのか知りたいものだ！

Adina アディーナ	*Appena ei[25] bebbe un sorso* 　*Del magico vasello,* *Che tosto il cor rubello[26]* *D'Isotta intenerì.*

　「彼がひとすすりを飲むと
　　その魔法の小さな壺の、
　　瞬く間にイゾッタの
　　反抗的な心は優しくなったのです。

　　Cambiata in un istante
　　　Quella beltà[27] crudele
　　Fu di Tristano amante,
　　Visse a Tristan fedele;
　　E quel primiero sorso
　　Per sempre ei benedì.

　一瞬のうちに変わった
　　その美しい頑な女性は
　　トリスタンの愛人になったのです、
　　｛そして｝トリスタンに貞淑を尽し暮らしました。
　彼は、その最初のひとすすりを
　　永遠に祝福しました。」

---

(23) sì = così「このように」で以後何回も出る。「はい」の sì と混同しないこと。
(24) ricetta は「レシピ」とか「処方箋」のこと。
(25) ei は egli の詩形で「彼」のほか「それ」の意味もあり、このリブレットでも各所に出てくる。
(26) rubello は 形容詞 ribelle「反抗的な」の古い形。
(27) beltà は文語で「美しさ」、「非常な美人」の意味。

Tutti 一同	Elisir di sì perfetta, 　Di sì rara qualità, Ne sapessi la ricetta, 　Conoscessi chi ti fa!

　　なんと完璧な
　　　なんと稀なる性質を持った妙薬だ
　　その処方を知りたいものだ
　　　誰が作ってくれるのか知りたいものだ！

Scena seconda 　第2場

Suona il tamburo, tutti si alzano.
*Giunge **Belcore** guidando un drappello di soldati che rimangono*
schierati nel fondo. Si appressa ad Adina,
la saluta[28] *e le presenta un mazzetto.*

　太鼓の音が聞こえる。一同立ち上がる。
ベルコーレが兵士の一隊を引き連れてやってくる。兵士たちはそのまま
　　　奥手に整列している。ベルコーレはアディーナに近づき
　　　　彼女に敬礼して、花束を差し出す。

Belcore ベルコーレ	Come Paride[29] vezzoso 　Porse il pomo[30] alla più bella, Mia diletta villanella[31], 　Io ti porgo questi fior.

　　パリスが気取って
　　　一番美しい女性にリンゴを差し出したときのように
　　私の大好きな村娘よ
　　　私はこの花を貴女に差し出します。

---

(28) saluta は salutare「…に挨拶する」の直・現・3単で、人（ここでは前の la）を目的語にする。
(29) ギリシャ神話のパリス。ゼウスに命じられ3女神のうち一番の美女にリンゴを与えることになるが、アフロディーテに絶世の美女スパルタ王妃ヘレネを約束され、リンゴをアフロディーテに渡し、後のトロヤ戦争の原因を作った。
(30) pomo は mela「リンゴ」の文語。
(31) villanella は「農家の若い女」、「村娘」。

	Ma di lui più glorioso,
	più di lui felice io sono
	Poiché in premio del mio dono
	Ne riporto il tuo bel cor.

  だが、彼よりも誉れが高く
   彼よりも幸福なのだ、この私は、
   というのは、贈り物への褒美として
   私は貴女の美しい心を持ち帰るからです。

Adina *(alle donne.)*
アディーナ (È modesto[32] il signorino!)

  （女たちに）
  （このお若い方ったら、お慎み深いのね！）

Giannetta e Coro (Sì, davvero.)
ジャンネッタとコーラス

  （ええ、本当に）

Nemorino (Oh! mio dispetto[33]!)
ネモリーノ

  （おお、なんてこった！）

Belcore Veggo[34] chiaro in quel visino[35]
ベルコーレ Ch'io fo breccia nel tuo petto.

  そのかわいい顔で分かりますよ
  私が貴女の胸に裂け目をつけたのが。

---

(32) modesto は「謙虚な」の意味だが、ここでは厚かましいベルコーレを皮肉ってこう言っているだけ。
(33) dispetto は、ここでは「苛立ち・悔しさ」を表す言葉。
(34) veggo は vedo（vedere「見る」の直・現・1単）の古い形。
(35) visino は viso「顔」に愛らしさを込めた縮小接尾辞 -ino を付けたもの。

> Non è cosa sorprendente;
>> Son galante, son sergente⁽³⁶⁾;
> Non v'ha bella che resista
>> Alla vista d'un cimiero⁽³⁷⁾;
>> Cede a Marte⁽³⁸⁾, Iddio guerriero,
>> Fin la madre dell'Amor.
>
> 　{でも} それは驚くには当たらない、
> 　　私は女の扱いがうまく、{しかも} 軍曹なんだから。
> 　刃向かえる美人なんて誰もいないんだから
> 　　軍帽の羽飾りには。
> 　軍神マースには屈し {＝身をまかせ} ましたね
> 　　愛の神 {＝エロス} の母親 {＝アフロディーテ} だって。

Adina アディーナ	(È modesto!) (お慎み深いのね！)
Giannetta e Coro ジャンネッタとコーラス	(Sì, davvero.) 　　　　(ええ、本当に)
Nemorino ネモリーノ	(Essa ride... oh! mio dolor!) (彼女は笑っている…おお！ボクは苦しい！)
Belcore ベルコーレ	Or se m'ami, com'io t'amo, Che più tardi a render l'armi⁽³⁹⁾? Idol mio, capitoliamo⁽⁴⁰⁾: In qual dì⁽⁴¹⁾ vuoi tu sposarmi? 　今、私が貴女を愛しているように、貴女も私を愛してるなら 　なぜ武器を捨て{て降伏す}るのにぐずぐずするのですか？ 　私の恋人よ、降伏の条件を決めましょう、 　いつ私と結婚してくださいますか？
Adina アディーナ	Signorino, io non ho fretta: Un tantin⁽⁴²⁾ pensar ci vo'. 　お若い方、私は急いでいませんのよ 　　もうちょっとだけ考えたいの。

(36) Spart では、以後、ドニザッティはリブレットの sergente をフランス語風に sargente に訂正しているが、意味は同じ。
(37) cimiero は「(軍帽・兜などの) てっぺんの飾り」。ここでは一応「羽飾り」としておいた。
(38) ローマ神話の軍神マールス (英語マース) だが、ギリシャ神話のアーレスと同じ。愛の女神アフロディーテと密通し、2人の間からエロス (ローマ神話のアモール) ほかが生まれた。
(39) rendere le armi「(武器を差し出し) 降伏する」
(40) capitolare は「降伏や休戦などの条件を定める」の意味。
(41) dì = giorno「日」
(42) tantin(o) は tanto「たくさん」の縮小辞がついたもので「ほんの少しの量または時間」。

Nemorino ネモリーノ	(Me infelice! s'ella accetta, 　Disperato io morirò.)	

(不幸なボクよ！　もし彼女が受けてしまったら
　ボクは絶望して死んでしまうだろう)

Belcore ベルコーレ	Più tempo invan[43] non perdere: 　Volano i giorni e l'ore: 　In guerra ed in amore 　È fallo l'indugiar. Al vincitore arrenditi[44]; 　Da me non puoi scappar.	

余計な時間潰しはしないこと
　日も時間も {すぐに} 飛び去ってしまいますから
　戦でも、恋愛でも
　ぐずぐずは失敗の元です。
勝った者には降参しなさい
　私から貴女は逃げられないのですから。

Adina アディーナ	Vedete di quest'uomini, Vedete un po' la boria! Già cantano vittoria Innanzi di pugnar[45]. Non è, non è sì facile Adina a conquistar.	

{貴女たち} 見てちょうだい、男たちの
うぬぼれ加減を、ちょっと見てちょうだい！
もう勝利の歌を歌っている
剣を交える前に。
そんなに簡単ではありませんわよ
アディーナを征服するのは。

---

(43) Spart. では、invano「無駄な」の代わりに Oh, Dio「{願いで} おお神よ」または、「おお、お願いだから」になっている。
(44) arrenditi は arrendersi「降伏する」の命・現・2単。
(45) pugnar(e) は「短刀で刺す」だがここでは「戦う」の意味。

Nemorino ネモリーノ	(Un po' del suo coraggio 　　Amor mi desse[46] almeno! 　　Direi siccome[47] io peno, 　　Pietà potrei trovar. Ma sono troppo timido, 　　Ma non poss'io parlar.)	
	(彼の勇気をせめてちょっとばかり 　　愛の神がボクにくれたらなあ！ 　　そうすればどんなにボクが苦しんでいるか言えるだろうに 　　｛そして｝憐れみを得ることだってできようものを。 だが、ボクはあまりにも臆病で 　　なにも話すことができないのだ。)	
Giannetta e Coro ジャンネッタとコーラス	(Davver, saria[48] da ridere 　　Se Adina ci cascasse[49], 　　Se tutti vendicasse 　　Codesto militar! Sì, sì; ma è volpe vecchia; 　　E a lei non si può far.)	
	(本当よ、お笑いだわ 　　もし、アディーナが｛甘い言葉に｝陥落したら 　　もし、この兵隊さんが 　　｛これまで言い寄った｝男たち皆の仕返しをしたら！ そうよ、そうよ、彼女は古ギツネなのよ 　　彼女にはなにもできないわ！)	

---

(46) desse は dare「与える」の接・半・3単で「(もし) 与えてくれたなら」の仮定的願望を表す。
(47) siccome は come「どのように」、「如何に」の文語。
(48) saria = sarebbe (essere の条・現・3単) の詩形。
(49) cascarci は「甘言に陥る」、「わな・奸計に掛かる」の意味。

⟨Recitativo, Scena e Duetto　レチタティーヴォ、シェーナ、ドゥエット⟩

Belcore
ベルコーレ

Intanto, o mia ragazza,
Occuperò la piazza. — Alcuni istanti
Concedi a' miei guerrieri
Al coperto[(50)] posar.

　そうそう、私の娘さん
　広場を占領させてもらいますよ、ほんの少しの間だけ
　私の兵士たちにお許しください
　屋根の下で休むことを。

Adina
アディーナ

　　　　　　　Ben volontieri.
Mi chiamo fortunata[(51*)]
Di potervi offerir una bottiglia.

　　　　　　もちろん、よろこんで。
　私は幸福者ですわ
　あなたに｛ワインを｝1本差し上げられて。

Belcore
ベルコーレ

Obbligato. (Io son già della famiglia.)

　かたじけない。（私はもう家族の一員だぞ）

Adina
アディーナ

Voi ripigliar potete
Gl'interrotti lavori. Il sol declina.

　あなたたち　みんな始めるのよ
　やり残した仕事を。もう日が傾き始めているわ。

Tutti
一同

Andiamo, andiamo.
(partono Belcore, Giannetta e il Coro.)

　行こう、行こう。
　（ベルコーレ、ジャンネッタとコーラスは退場）

Scena terza　第3場

> *Nemorino e Adina.*
> ネモリーノとアディーナ

Nemorino
ネモリーノ

　　　　　Una parola, o Adina.
　　　　一言だけ、おお、アディーナ。

---

(50) coperto は、ここでは「屋根のある（風雨や陽光から）遮られた場所」のこと。
(51) は直訳すると「私は自分自身を幸福者と呼ぶ」で「私の名は幸福者」と訳してもよい。

Adina アディーナ		L'usata seccatura⁽⁵²⁾! I soliti sospir! Faresti meglio⁽⁵³⁾ A recarti in città presso tuo zio, Che si dice malato, e gravemente.

また、いつものうるさいことね！
例の溜め息の連続ね！　貴方はその方がいいのよ
町に行って伯父さんのところに行く方が、
だって、病気で重病だそうね。

Nemorino
ネモリーノ

Il suo mal non è niente — appresso⁽⁵⁴⁾ al mio.
Partirmi non poss'io...
Mille volte il⁽⁵⁵⁾ tentai...

彼の病気なんてどうでもいいよ　ボクの｛病｝に比べれば。
ボクには出かけることなんかできない…
千回も試してみたが…

Adina
アディーナ

　　　　　　　　　　　　　　　Ma s'egli more,
E lascia erede un altro?...

　　　　　　　　　　でも、彼が死んで
ほかの相続人を残したら？…

Nemorino
ネモリーノ

　　　　　　　　　　　　　　E che m'importa?...

　　　　　　　　　　　　ボクにどうだって言うの？…

Adina
アディーナ

Morrai di fame, e senza appoggio alcuno...

貴方は飢え死にするのよ…だれも頼れなくなって…

Nemorino
ネモリーノ

O di fame o d'amor... per me è tutt'uno...

飢え死にしたって焦がれ死にしたって…ボクには同じさ…

---

(52) seccatura は「煩わしいこと」、「迷惑」。usato は「使い古された」で、ここでは「例の、いつもの」の意味。
(53) faresti (fare の条・現・2単) meglio a + 不定詞は「…した方がよい」の意味。
(54) appresso a... は「…の隣では」、「…と比べて」の意味。
(55) il = lo 代名詞「それ」で、このリブレットでは何回も出る。

Adina アディーナ	Odimi⁽⁵⁶⁾. Tu sei buono, Modesto sei, né al par di quel sergente Ti credi certo d'ispirarmi affetto; Così ti parlo schietto⁽⁵⁷⁾, E ti dico che invano⁽⁵⁸⁾ amor tu speri, Che capricciosa io sono, e non v'ha brama⁽⁵⁹⁾, Che in me tosto non muoia appena è desta⁽⁶⁰⁾.

聞いてちょうだい、貴方はお人よしで
謙虚だわ、あの軍曹とは比較にならないけど、
貴方は私に愛情を吹き込む自信があるらしいけど
ここではっきり話しておくわ
言っておくわ、貴方は無駄な恋に期待してると。
私は気まぐれで、情熱なんてないのよ
私の中にはないのよ、目覚めるとすぐ死んでしまわないような情熱なんて。

Nemorino ネモリーノ	Oh! Adina!... e perché mai⁽⁶¹⁾?...

おお、アディーナ！… 一体なぜそんなことを？…

Adina アディーナ	Bella richiesta! Chiedi all'aura lusinghiera⁽⁶²⁾ 　Perché vola senza posa 　Or sul giglio, or sulla rosa, 　Or sul prato, or sul ruscel⁽⁶³⁾: Ti dirà che è in lei natura 　L'esser mobile e infedel.

　　　　　　　　　　　　いい質問だわ！
人の心をくすぐるそよ風に、聞いてご覧なさい
　なぜ休むことなく飛んでいるのかと
　今は、百合の花、今度はバラの花
　今は、野原の上かと思うと今度は小川の上へと。
貴方に言うでしょう、風の性質だと
　移りやすく、浮気なのは。

---

(56) odimiはudire「聞く」の命・現・2単odi + miで「私の言うことを聞け」。
(57) schiettoは「ハッキリと」、「真面目に」の意味。
(58) invanoは「無駄に」、「いたずらに（…する）」の意味でこのリブレットでは何回も出てくる。
(59) bramaは「切望」だが、ここでは一応「情熱」とした。
(60) destoは形容詞で「目覚めている」。
(61) maiは強めで「一体（全体）」の意味。
(62) lusinghieroは文語の形容詞「おもねるような」、「心をくすぐるような」の意味。
(63) ruscel = ruscello「小川」のトロンカメント形。

Nemorino ネモリーノ	Dunque io deggio[64]?... それではボクはどうすれば?…
Adina アディーナ	All'amor mio Rinunziar[65], fuggir da me. 私にたいする恋を 諦めるのよ、私から逃げるのよ。
Nemorino ネモリーノ	Cara Adina!... non poss'io. 愛しいアディーナ!…ボクには無理だ。
Adina アディーナ	Tu nol[66] puoi? perché? 貴方、できないって? なぜ?
Nemorino ネモリーノ	Perché! Chiedi al rio perché gemente Dalla balza ov'ebbe vita[67], Corre al mar che a sè l'invita, E nel mar sen va a morir: Ti dirà che lo strascina[68] Un poter che non sa dir. なぜだって! 小川に聞いてご覧よ、なぜ、呻き声を出しながら 生まれた断崖から {飛び降りて} 自分を誘う海に向かって流れていくのはなぜかって、 海に死ぬために入っていくのはなぜかって。 {小川は} 言うだろうよ、自分を引き寄せるのは 説明できない力だと。
Adina アディーナ	Dunque vuoi?... それではどうしたいの?
Nemorino ネモリーノ	Morir[69] com'esso, Ma morir seguendo te. 小川のように死にたいんだよ だけど、君を追いかけて死にたいんだ。

---

(64) deggio は dovere「…なければならぬ」の直・現・1単 devo の古い形で、このリブレットには何回も出る。
(65) rinunziare は rinunciare の古い形で、a + ... で「…を諦める」。
(66) nol = non lo. lo は「それを」。
(67) avere vita は「生まれる」。
(68) Spart. では、strascina が trascina になっているが意味は共に「引きずって行く」で同じ。
(69) morire の前に voglio を補ってみると分かりやすい。

Adina アディーナ		Ama altrove: è a te concesso.
		ほかの場所で恋をすることよ、そうすれば恋は遂げられるわ。
Nemorino ネモリーノ		Ah! possibile non è.
		ああ、そんなことは不可能だ。
Adina アディーナ		Per guarir da tal pazzia,
		Ché è pazzia l'amor costante,
		Dei[70] seguir l'usanza mia,
		Ogni dì cambiar d'amante.
		Come chiodo scaccia chiodo[71],
		Così amor discaccia amor.
		In tal guisa io rido e godo[72],
		In tal guisa[73] ho sciolto[74] il cor.

　　この狂気から治るためには
　　　だって狂気の沙汰よ、変わらぬ愛なんて。
　　　あなたは私流にやるべきよ
　　　毎日、恋人を変えるのよ
　　　{諺で}「釘で釘を抜く」というように
　　　恋で恋を追い出すのよ。
　　こういう具合にして、私は笑い、楽しんでいるの
　　　こういう具合にして、心を自由にしてきたの。

---

(70) dei は devi（dovere の直・現・2単）の古い形でこの後も何度か出てくる。
(71)「chiodo caccia chodo」と「chiodo leva chiodo」の2つの諺があるが共に有名ではない諺。「悪をもって悪を制す」の意味。
(72) Spart. では、… e godo が io me la godo になっているが意味は共に「楽しむ」。だが godersi の方がやや意味が強い。
(73) guisa は、文語で「仕方」や「流儀」の意味。
(74) sciolto は sciogliere「解く」の過去分詞で、ここでは「心を自由に解き放つ」の意味。

Nemorino ネモリーノ	Ah! te sola io vedo, io sento, 　Giorno e notte, in ogni oggetto: D'obbliarti invano io tento, 　Il tuo viso ho sculto[75] in petto... Col cambiarsi qual[76] tu fai, 　Può cambiarsi ogn'altro amor. Ma non può, non può giammai, 　Il primiero uscir dal cor.

(partono.)

　　ああ、ボクは君だけを眺め、君だけを感じる
　　　昼も夜も、あらゆるものの中に
　　君を忘れようと試みても無駄だ。
　　　ボクは君の顔を胸に刻み込んでいるのだ…
　　君がやるように変われれば、
　　　ほかのどんな恋でも変われるかもしれない
　　でも、無理だ、絶対に無理だ
　　　初めてのもの｛＝初恋｝が心から出ていくのは。

(かれらは出ていく)

Scena quarta　第4場

Piazza nel villaggio.
Osteria della Pernice[77] **da un lato.**
村の広場
片側に居酒屋「シャコ亭」がある

〈Coro e Cavatina　コーラスとカヴァティーナ〉

***Paesani** che vanno e che vengono occupati in varie faccende.*
Odesi[78] *un suono di tromba: escono dalle case le **Donne***
*con curiosità: vengono quindi gli **Uomini**.*
いろいろな仕事に従事する**村人たち**が行ったり来たりしている。
太鼓の響きが聞こえ、**女たち**が珍しそうに家から出てくる
それから**男たち**がやってくる

---

(75) sculto は scolpire「彫る」の古形 sculpere の過去分詞。
(76) quale は come と同じ意味で「(君がやる) と同じように」。
(77) pernice は「シャコを含めたヨーロッパ山ウズラ」で、ここでは「シャコ」とする。
(78) odesi = si ode「聞こえる」で、他にも出てくる。

Donne 女たち	Che vuol dire cotesta sonata?	

この音はなんだろう？

Uomini 男たち	La gran nuova! venite a vedere.	

大ニュースだ！　みんな見に来い

Donne 女たち	Cos'è stato?[79]	

なにがあったの？

Uomini 男たち	In carrozza dorata È arrivato un signor forestiere[80]. Se vedeste che nobil sembiante! Che vestito! che treno[81] brillante!	

　　　　金色の馬車で
お着きになったのだ、どこかの紳士様が
見てご覧、なんて高貴な顔つきだ！
なんという服装だ！　なんというぴかぴかの乗り物だ

Tutti 一同	Certo, certo egli è un gran personaggio... Un Barone, un Marchese in viaggio... Qualche grande che corre la posta... Forse un Duca... fors'anche di più. Osservate... si avanza... si accosta: Giù i berretti, i cappelli[82] giù, giù.	

　確かに、確かに、偉いお方だ
　旅行中の男爵様、いや侯爵様、
　急いでおられる誰かお偉い方、
　ひょっとすると公爵様、ひょっとするともっと上の方。
見てみろ、…進んでこられる…近づいてこられる。
　取るんだ、鳥打ち帽でも、山高帽でも、取るんだ。

---

(79) このフレーズは作曲されていない。
(80) forestiere は形容詞で「よその」、「よそから来た」。
(81) treno は現在は「汽車」だが、昔は一般的に「乗り物」の意味。
(82) berretto は「鳥打ち帽など軽い帽子」、cappello は「ハット類でやや正式な帽子」と思えばよい。

Scena quinta　第5場

*Il Dottore **Dulcamara** sopra un carro dorato, in piedi,*
avendo in mano delle carte e delle bottiglie.
Dietro ad esso un servitore che suona la tromba.
Tutti i Paesani lo circondano.

ドクター・**ドゥルカマーラ**は金色の馬車の上に立ち
手に書類や何本かの瓶を持っている。
彼の後ろでは召使いが1人ラッパを吹いている
村人はみんな彼を取り囲む

Dulcamara ドゥルカマーラ	Udite, udite, o rustici[83]; 　　Attenti, non fiatate. Io già suppongo e imagino Che al par di me sappiate, Ch'io sono quel gran medico, Dottore enciclopedico, Chiamato Dulcamara, La cui virtù preclara[84], E i portenti[85] infiniti Son noti in tutto il mondo[86]... e in altri siti.

　　聞いたり、聞いたり、おお、村の衆よ
　　　　注意して、おしゃべりはしないでください
　　私はもう推定し、想像もしておるが、
　　皆さんが私と同じくご存知であろうと、
　　つまり、私が、かの偉大な医者で
　　なんでも知っている博識の博士で
　　名前をドゥルカマーラということを。
　　その卓越したる力と
　　無限の超能力の数々は
　　全世界と…ほかの場所にも知れ渡っていることを。

---

(83) rustico はここでは「村人」。
(84) preclaro は文語で「名高い」、「卓越した」を意味する形容詞。
(85) portento は「奇跡に近い出来事」、「驚異」。
(86) Spart. では、in tutto il mondo が all' universo になっているが意味は同じ。

Benefattor degli uomini,
　Riparator de' mali,
　In pochi giorni io sgombero,
　Io spazzo gli spedali,
　E la salute a vendere
　Per tutto il mondo io vo'.
Compratela, compratela,
　Per poco io ve la do.

　人々の恩恵者であり
　　さまざまな病気の治療師であり、
　　数日のうちに、私はカラにし
　　掃き清めます、病院を、
　　そして全世界に
　　健康を売りたいのです。
　買ったり、買ったり、
　　僅かのお値段でお分けしますよ、私は。

È questo l'odontalgico[87]
　Mirabile liquore,
　Dei topi e delle cimici
　Possente distruttore,
　I cui certificati
　Autentici, bollati[88],
　Toccar, vedere e leggere
　A ciaschedun farò.

　これは歯痛止めの薬で
　　驚くべきリキュールだ、
　　ネズミや南京虫には
　　強力な破壊薬にもなる、
　　みんな証明書があるよ
　　本物で印紙が貼ってある
　　触っていただき、よく見ていただき、読んでいただきますよ
　　どなたにでも。

---

(87) odontalgico の言葉は存在せず odontologico「歯科に関する」をわざと間違えて使いドゥルカマーラのニセ医学知識を表している。
(88) bollato は「印紙を貼った」で「公認の」のような意味を表す。

> Per questo mio specifico
>   Simpatico, prolifico
>   Un uom settuagenario[89]
>   E valetudinario[90],
>   Nonno di dieci bamboli
>   Ancora diventò.
> Per questo *Tocca e sana*[91]
>   In breve settimana
>   Più d'un'afflitta vedova
>   Di piangere cessò.

この私の特効薬、
　感じが良くて繁殖力のある
　特効薬のおかげで
　70歳で虚弱体質の男性が
　10人の可愛い子供のおじいさんに
　再びなったのだから。
この「触れれば治る」万能薬のおかげで
　僅か1週間のうちに
　悩める後家さんが1人ばかりでなく
　嘆くのを止めたのだ。

---

(89) settuagenario は文語で「70歳の」。
(90) valetudinario は文語で「病弱な」。
(91) 「触れば治る良く効く薬」の意味で「toccasana」(万能薬) の合成名詞もある。

> O voi, matrone[92] rigide,
>   Ringiovanir bramate?
>   Le vostre rughe incomode
>   Con esso cancellate.
>   Volete voi donzelle[93]
>   Ben liscia aver la pelle?
>   Voi giovani galanti[94]
>   Per sempre[95] avere amanti?
> Comprate il mio specifico,
>   Per poco io ve lo do.[96]

　おお、みずみずしさを失った御婦人方よ
　　若返りたいと思われませんか？
　　皆さん方の邪魔な皺は
　　これで、消してください。
　　若い女性の皆さんよ
　　お肌をすべすべにしたくありませんか？
　　女好きの若者衆よ
　　いつまでも愛人を持ちたくありませんか？
　さあ、私の特効薬をお求めください。
　　ほんの僅かでお分けいたします。

---

(92) matrona は「貴婦人」の意味もあるが、俗語で「肥った女」。
(93) donzella は文語で「若い女」、「娘」。
(94) galante は「(男が) 女性に親切な」、「女好きな」。
(95) per sempre は「いつまでも」、「永遠に」。
(96) Spart. では、この後に2行入る。
　　Da bravi giovinetti,　　立派なお若い方よ
　　Da brave vedovette,　　立派な若後家さんよ

Ei⁽⁹⁷⁾ move i paralitici,
　Spedisce⁽⁹⁸⁾ gli apopletici,
　Gli asmatici, gli asfitici,
　Gl'isterici, i diabetici;
　Guarisce timpanitidi⁽⁹⁹⁾,
　E scrofole e rachitidi,
　E fino il mal di fegato
　Che in moda diventò.⁽¹⁰⁰⁾
Comprate il mio specifico,
　Per poco io ve lo do.

この薬は、麻痺した人を動くようにし、
　卒中患者も喘息患者も、弱っている人も、
　ヒステリーも、糖尿病患者も
　一掃してくれます。
　治してくれますよ、中耳炎も、
　腺病結核も、くる病も、
　今や流行になった
　肝臓病までも治してくれます。
さあ、私の特効薬をお求めください。
　ほんの僅かでお分けいたします。

---

(97) ei = egli の詩形でこのリブレットには多い。「彼（は）」のほかに、ここのように「それ（は）」の意味に使われることも多い。
(98) spedisce は spedire「送る」の意味から「あの世に送る」のニュアンスを含ませ「治す」の意味に使用。
(99) 本当は timpanite だが、韻を踏むためと註（87）の理由で使用。
(100) Spart. ではこの次に下記のフレーズが入る。

mirabile pe' cimici,	南京虫には良く効き
mirabile pel fegato,	肝臓には良く効き
guarisce i paralitici,	中風患者を治し
guarisce gli apopletici.	卒中患者を治す。
Voi vedove e donzelle,	後家さんに娘さん
Voi giovani galanti:	君たち、若い色男よ
Avanti, avanti, vedove,	前へ、前へ、後家さんたち
avanti, avanti bamboli.	前へ、前へ、お子さん方よ。

> L'ho portato per la posta⁽¹⁰¹⁾
> Da lontano mille miglia.
> Mi direte: quanto costa?
> Quanto vale la bottiglia?
> Cento scudi?... trenta?⁽¹⁰²⁾... venti?...
> No... nessuno si sgomenti.
> Per provarvi il mio contento
> Di sì amico⁽¹⁰³⁾ accoglimento,
> Io vi voglio, o buona gente,
> Uno scudo⁽¹⁰⁴⁾ regalar.

　私は、わざわざ運んできました
　　1000マイルの遠くから。
　　お尋ねでしょうね…一体いくらだろう？
　　一瓶どのくらいかしら？
　　100スクードか？…30？…20？
　　いいや、誰も驚かないでください、
　　あなた方のこのような友情溢れるおもてなしに
　　私の感謝の気持ちを表すため
　　いいですか、皆さん、あなた方へは
　　プレゼント値段の僅か1スクード。

Coro　　Uno scudo! veramente?
コーラス　　Più brav'uom non si può dar.

　　1スクードだって！　本当か？
　　これほどの良い人はいないだろう。

---

(101) per la posta は普通は a posta で「わざわざ」。
(102) Spart. では、venti scudi? no ...trenta? no... と「20スクーディ？　いや違う…30？　いや違う」のように、数の次に「いや違う」が入っている。
(103) amico は形容詞で「友情ある」の意味。
(104) 往時、ヨーロッパで広く流通していた銀貨または金貨の名称。その国の王侯など支配者の紋章の楯（scudo）を貨幣の片面に刻印したためこの名称が生まれた。

Dulcamara ドゥルカマーラ	Ecco qua: così stupendo, Sì balsamico elisire, Tutta Europa sa ch'io vendo Niente men di nove lire; Ma siccome è pur palese, Ch'io son nato nel paese, Per tre lire a voi lo cedo, Sol tre lire a voi richiedo;

  ほらこれです、とても素晴らしく
   とても芳醇な香りの妙薬とは。
   ヨーロッパ中が知っております、私が
   9リラ以下では売らないことを。
   でも、これはわかり切ったことだが
   私はこの国生まれだ、
   3リラでお譲りしましょう。
   たった3リラで構いません。

  Così chiaro è come il sole,[105]
  Che a ciascuno che lo vuole
  Uno scudo bello e netto
  In saccoccia io faccio entrar.[106]
Ah! di patria il caldo affetto
  Gran miracoli può far.

   お日さまが明るいのと同じように
   偽りなしで、それを求めたい方々に
   正真正銘僅か1スクードを
   さいふ(袋)の中に入れさせて{＝負けさせて}いただきます。
  ああ！ 祖国にたいする熱い愛情は
   なんたる大きな奇跡を生み出すのでしょうか。

---

(105) E' chiaro è come il sole. は成句で「(太陽が明るいのは当然のごとく) 全く明白なことだ」の意味に用いられる。
(106) Spart. では、この次に3行入る。
 Coro : Verissimo porgete. 本当だ、下さいな。
 Dulcamara : Ecco, tre lire. Avanti, avanti. ハイよ、3リラだ、前に、前に
 Coro : Gran dottore che voi siete! 大ドクターだ、貴方は！

Coro コーラス	È verissimo: porgete. Oh! il brav'uom, Dottor, che siete. Noi ci abbiam del vostro arrivo Lungamente a ricordar.

全く本当だ。下さいな、
おお！ ドクター、貴方は立派な人だ
私たちは、貴方のお出でを
長く長く覚えておりますよ。

Scena sesta　第6場

〈Recitativo e Duetto　レチタティーヴォとドゥエット〉

> *Nemorino e detti.*
> **ネモリーノ**と前述の人々

Nemorino ネモリーノ	(Ardir.[107] Ha forse il cielo Mandato espressamente[108] per mio bene[109] Quest'uom miracoloso nel villaggio. Della scienza[110] sua voglio far saggio.[111]) Dottore... perdonate... È ver che possediate Segreti portentosi?...

　　(思い切ってすることだ。多分、天が
　　ボクのためにわざとお送りになったのだ
　　この村にこの奇跡の人を。
　　彼の知識を試してみたいものだ)
　　ドクター…失礼ですが…
　　本当ですね、貴方が持っておられることは
　　驚くべき秘薬の数々を？

---

(107) ardire は「思い切ってする」。
(108) espressamente は「ハッキリと」、「明白に」。
(109) bene は男性名詞で「良いこと」、「善」の意味で、per mio bene はここでは「ボクのために」の意味。
(110) scienza「科学」はここでは「知識」の意味。
(111) fare saggio di ... は「…を試す」。

Dulcamara ドゥルカマーラ	Sorprendenti. La mia saccoccia è di Pandora il vaso⁽¹¹²⁾. 驚くべき｛秘薬｝です。 私の袋は、パンドラの壺です。
Nemorino ネモリーノ	Avreste voi... per caso... La bevanda amorosa Della regina⁽¹¹³⁾ Isotta? もしやお持ちでしょうか…ひょっとして… 愛の飲み物を 女王イゾッタの？
Dulcamara ドゥルカマーラ	Ah!... che?... che cosa? ああ！…なに？…なにを？…
Nemorino ネモリーノ	Voglio dire... lo stupendo Elisir che desta⁽¹¹⁴⁾ amore. つまり…素晴らしい 妙薬、愛を起こさせる妙薬のこと。
Dulcamara ドゥルカマーラ	Ah! sì, sì, capisco, intendo. Io ne son distillatore. ああ！ なるほど、なるほど、分かりました、了解です。 私はそれの蒸留製造者なんですよ。
Nemorino ネモリーノ	E fia⁽¹¹⁵⁾ vero? 本当ですか？
Dulcamara ドゥルカマーラ	Se ne fa Gran consumo in questa età. 現世紀は それを大量に消費します。
Nemorino ネモリーノ	Oh! fortuna!... e ne vendete? おお！ 幸運だ！ お売りになっておられる？
Dulcamara ドゥルカマーラ	Ogni giorno, a tutto il mondo. 毎日、世界中に向かって。
Nemorino ネモリーノ	E qual prezzo ne volete? おいくらですか？

---

(112) 日本語の「パンドラの箱」はイタリア語では「パンドラの壺」。
(113) イゾッタ（＝イゾルデ）は女王ではなくアイルランドの王女で、ここではネモリーノの知識の程度を表す。
(114) desta は destare「目覚めさせる」の直・現・3単で、註（60）の形容詞との違いに注意。
(115) fia は essere の直・未・3単 sarà の古い形。

Dulcamara ドゥルカマーラ	Poco... assai... cioè... secondo...	
	僅か…大変…つまり、…場合によって…	
Nemorino ネモリーノ	Un zecchin[116]... null'altro ho qua...	
	1 ゼッキーノ｛金貨｝…これしかないんです。	
Dulcamara ドゥルカマーラ	È la somma che ci va[117].	
	まさにちょうどの金額です。	
Nemorino ネモリーノ	Ah! prendetelo, dottore.	
	ああ！ ドクター、お取りください。	
Dulcamara ドゥルカマーラ	Ecco il magico liquore.	
	ほら、魔法のリキュールです。	
Nemorino ネモリーノ	Obbligato, ah! sì, obbligato! Son felice, son rinato. Elisir di tal bontà, Benedetto chi ti fa!	
	感謝、ああ！ 本当に感謝です！ ボクは幸せだ、生まれ返ったぞ。 あのような効き目の妙薬を 作ってくれる人は　祝福されよ！	
Dulcamara ドゥルカマーラ	(Nel paese che ho girato Più d'un gonzo ho ritrovato, Ma un eguale in verità Non ve n'è, non se ne dà.)[118]	
	(私が回った国では 馬鹿には1人ならず出会ったが、 だが、本当のことを言って、これと同じくらいのは いない、現れない)	
Nemorino ネモリーノ	Ehi!... Dottore... un momentino... In qual modo usar si puote[119]?	
	もし、もし、ドクター…ちょっとだけ… どうやって使えばよいのでしょう？	

---

(116) zecchino は昔のベネチア共和国の金貨で、後に金貨の通称になった。非常に価値のある金貨なのでドゥルカマーラは狂喜すると同時にネモリーノの無知に驚くわけだ。
(117) ci va の va (andare の直・現・3単) は、ここでは「ピッタリである」の意味で、ci (= a ciò) は「それにたいして」。
(118) Spart. では、この行は non ai trova, non si dà. で意味は同じ。
(119) puote は può (potere の直・現・3単) の詩形。

Dulcamara ドゥルカマーラ	Con riguardo, pian pianino La bottiglia un po' si scote... Poi si stura... ma si bada... Che il vapor[120] non se ne vada. Quindi al labbro lo avvicini, E lo bevi a centellini[121], E l'effetto sorprendente Non ne tardi a conseguir[122].	

   注意して、静かに静かに
   瓶を少し振り…
   それから栓を抜く…だが、注意して…
   気が抜けないように。
  それから、唇に近づけて
  ほんの少しずつ飲む
  驚くべき効果は
  それほど遅くには現れない。

Nemorino ネモリーノ	Sul momento?

  直ちにですか？

Dulcamara ドゥルカマーラ	A dire il vero, Necessario è un giorno intero. (Tanto tempo sufficiente Per cavarmela[123] e fuggir.)

    本当のことを言うと、
  必要だ、丸一日が。
  （これだけ時間があれば十分だろう
  うまく切り抜け、逃げるには）

Nemorino ネモリーノ	E il sapore?...

  味は？

---

(120) vapore は、ここでは「水蒸気」ではなく、「（アルコールなどの）気」。
(121) a centellini は「ほんの少しずつ」。
(122) conseguire は「（結果として）現れる」。
(123) cavarmela の不定形 cavarsela は「{難事などを}うまく切り抜ける」の意味。

Dulcamara ドゥルカマーラ	Egli[124] è eccellente...[125] (È Bordò[126], non elisir.) 最上だ… （ボルドー｛ワイン｝で、妙薬などではないからな）
Nemorino ネモリーノ	Obbligato, ah! sì, obbligato! Son felice, son rinato. Elisir di tal bontà, Benedetto chi ti fa! 感謝、ああ！本当に感謝です。 ボクは幸福だ、生まれ返ったぞ。 あのような効き目の妙薬を 作ってくれる人は　祝福されよ！
Dulcamara ドゥルカマーラ	(Nel paese che ho girato Più di un gonzo[127] ho ritrovato; Ma un eguale in verità[128] Non ve n'è, non se ne dà.) Giovinotto! ehi! ehi! （私が回った国では 馬鹿には１人ならず出会ったが、 だが、本当のことを言って、これと同じようなのは いない、現れない） 若い衆！　おい！　おい！
Nemorino ネモリーノ	Signore! はい、ドクター！

---

(124) egli「それ（は）」。註 (25) 参照。
(125) Spart. では、この行は次の３行になる。
　　Dulcamara　:　Eccellente.　　最高だ。
　　Nemorino　:　Eccellente?　　最高ですか？
　　Dulcamara　:　Eccellente.　　最高だ。
(126) bordò は Bordeaux「ボルドー」のイタリア語的発音表記。
(127) gonzo は「騙されやすい馬鹿」。
(128) Spart. では、この２行は次のようになっている。
　　Gonzo eguale in verità　　同じような馬鹿は、本当の話、
　　Non si trova, non si dà.　　いないし、現れない。

Dulcamara ドゥルカマーラ	Sovra ciò... silenzio... sai? Oggidì spacciar[129] l'amore È un affar geloso assai. Impacciar[130] se ne potria[131] Un tantin l'Autorità[132].	
	それからな…黙っていること…分かるか？ 今日この頃、愛を売りさばくのが 大変ねたみを買う商売になっている。 ｛だから｝干渉することもあり得るのだ ちょっとばかりにせよその筋が。	
Nemorino ネモリーノ	Ve ne do la fede mia: Né anche un'anima[133] il[134] saprà.	
	信じてください、 　　人っ子一人知ることはありませんから。	
Dulcamara ドゥルカマーラ	Va', mortale[135] avventurato; 　Un tesoro io t'ho donato: 　Tutto il sesso femminino 　Te doman sospirerà[136]. (Ma doman di buon mattino[137] 　Ben lontan sarò di qua.)	
	行くがよい、幸運な人よ 　　私は君に宝物を贈ってやった 　　すべての女性が 　　明日になれば、君に恋い焦がれるだろう。 　（だが、明日は、朝早く 　　私はここから遥か遠いところだろうがね）	

---

(129) spacciare は「(ニセモノなどを) 偽って売る」。
(130) impacciar は次の se と結んで再帰動詞 impacciarsi「介入する」、「邪魔をする」。
(131) potria は potere の条・現・3単 potrebbe の詩形。
(132) autorità は「権威」から出て「当局、お上」、「その筋」の意味。
(133) anima は普通「魂」だが、否定詞と一緒に使われ「1人も…でない」の意味に使われることがある。
(134) il = lo で「それを」。このリブレットではしばしば出てくる。
(135) mortale は男性名詞で「｛死ぬ運命にあるもの、つまり｝人間」。
(136) sospirare はここでは他動詞「…を熱望する」。
(137) di buon mattino は「朝早く」、「早朝に」の意味。

Nemorino	Ah! Dottor vi do parola[138]
ネモリーノ	Ch'io berrò per una sola:
	Né[139] per altra, e sia pur bella,
	Né una stilla avanzerà[140].
	(Veramente amica stella
	Ha costui condotto qua.)

(Dulcamara entra nell'osteria.)

ああ！ ドクター、約束します
　わたしは飲みます、たった一人の女性のために。
　ほかの誰にでもありません、たとえそれが美人であっても。
　また、一滴も残しません。
（本当に、友情ある星が
　あの人をここに導いてくれたのだ）

（ドゥルカマーラは居酒屋に入る）

---

(138) dare parola a ... は「(…に) 約束する」。
(139) né は否定の接続詞で「も…でない」。
(140) avanzare は自動詞で「残る」。

Scena settima　第7場

〈Finale I フィナーレ I〉

[*Nemorino*
ネモリーノ]

Nemorino
ネモリーノ

Caro elisir! sei mio!
Sì, tutto mio...—Com'esser dee[141] possente
La tua virtù, se, non bevuto ancora,
Di tanta gioia già mi colmi il petto!
Ma perché mai l'effetto
Non ne poss'io vedere
Prima che un giorno inter non sia trascorso?
Bevasi[142].—

　愛しい妙薬よ！　お前は私のものだ！
　そうだ、全部私のものだ…強力に違いない
　その効き目は。たとえ、まだ飲んでいないのに
　ボクの胸を多くの喜びで満たしてくれる！
　だが、一体なぜその効果が
　見えないのだろう、
　まだ丸一日が過ぎていないからだろうか？
　飲むのだ。

Oh! buono!—Oh! caro!—Un altro sorso.
Oh! qual di vena in vena
Dolce calor mi scorre!... ah! forse anch'essa...
Forse la fiamma istessa
Incomincia a sentir... Certo la sente...
Me l'annunzia la gioia e l'appetito
Che in me si risvegliò tutto in un tratto.

　うまい！　おお、愛しきかな！　もうひとすすりだ。
　おお！なんと血管から血管へと
　心地よい温かさが流れる！…ああ！おそらく彼女も…
　おそらく、同じ炎を
　感じ始めている…確かに感じているぞ…
　喜びと食欲が　私にそれを告げている、
　私の中に突然目覚めた｛喜びと食欲の｝すべてが。

---

(141) dee は dovere（ここでは「違いない」の意味）の直・現・3 単 deve の古い形。
(142) bevasi = si beva で bere「飲む」の非人称形命・現・3 単で「飲むのだ」。

>   (*siede sulla panca dell'osteria; si cava*⁽¹⁴³⁾ *di saccoccia*
>   *pane e frutti, e mangia cantando a gola piena.*)

La rà, la rà, la rà.

> （居酒屋の木の長椅子に座り、袋の中からパンと
> 果物を取り出し、声を張り上げて歌いながら食べる）

ララ、ララ、ララ。

Scena ottava　第8場

> *Adina e detto.*
> アディーナと前述の者

Adina
アディーナ

　　　　(Chi è quel matto?
Traveggo⁽¹⁴⁴⁾, o è Nemorino?
Così allegro! e perché?)

　　　　（誰だろう、あの気ちがいは？
見間違いかしら、それともネモリーノかしら？
あんなに陽気とは！　なぜかしら？）

Nemorino
ネモリーノ

　　　　(Diamine⁽¹⁴⁵⁾! è dessa⁽¹⁴⁶⁾...
　　　(si alza per correre a lei, ma si arresta e siede di nuovo.)
Ma no... non ci appressiam⁽¹⁴⁷⁾. De' miei sospiri
Non si stanchi per or. Tant'è⁽¹⁴⁸⁾... domani
Adorar mi dovrà quel cor spietato.)

　　　　（大変だ！　彼女だ
　　　（立って彼女の方に駆けて行こうとするが、止めて、また座る）
だめだめ…まだ互いに近づかないことだ。ボクの溜め息で
嫌がらせないように、今のところは。どうせ、…明日は
あのつれない心はボクに恋い焦がれなければならないのだから）

Adina
アディーナ

(Non mi guarda neppur! com'è cambiato!)

（私を見もしないわ　なんて変わったのだろう！）

Nemorino
ネモリーノ

La rà, la rà, la lera!
　Larà, larà, larà.

ララ、ララ　ラレラ！
　ララ、ララ、ララ！

---

(143) cavare は「引っ張り出す」。
(144) traveggo は travedo（travedere「見間違う」の直・現・1 単）の古・詩形。
(145) diamine は、驚き・困惑を表す間投詞「畜生！」、「いまいましい」。
(146) dessa(o) は、essa(o) の文語強調形で、ここでは「まさに彼女だ」。
(147) appressarsi「近づく」だがめったに使用しない動詞。
(148) tanto は、ここでは接続詞的に「どうせ」、「どちらにせよ」の意。

Adina アディーナ	(Non so se è finta o vera 　La sua giocondità.)	
	（一体、わざとかしら、それとも本当かしら 　あの陽気加減は）	
Nemorino ネモリーノ	(Finora amor non sente.)	
	（今のところは、まだ愛を感じていないな）	
Adina アディーナ	(Vuol far l'indifferente.)	
	（知らん顔をするつもりだわ）	
Nemorino ネモリーノ	(Esulti pur[149] la barbara 　Per poco alle mie pene! 　Domani avranno termine, 　Domani mi amerà.)	
	（野蛮な女は、どうぞもう少しの間 　ボクの苦しみをお楽しみください！ 　明日になれば、苦しみはさらばだ、 　明日になれば彼女はボクを愛すのだ）	
Adina アディーナ	(Spezzar vorria lo stolido[150], 　Gettar le sue catene; 　Ma gravi più del solito 　Pesar le sentirà.)	
	（あの馬鹿は｛彼を縛る恋の｝鎖をズタズタにして 　投げ捨てたいのだわ、 　でも、それ｛＝恋の鎖｝をこれまでより 　もっと重く感じるでしょうに）	
Nemorino ネモリーノ	La rà, la rà...	
	ララ、ララ、ララ！	
Adina アディーナ	*(avvicinandosi a lui.)* 　　　　Bravissimo! 　La lezion ti giova[151].	
	（彼に近寄りながら） 　　　　偉いわ！ 　教えは役に立っているのね。	

---

(149) pure は「どうぞ」の意味。
(150) stolido は「愚か者」。
(151) giovare は自動詞で「役に立つ」。

Nemorino ネモリーノ	È ver: la metto in opera Così, per una prova.	

本当だ、教えを実際にこうして
試して見てるんだ。

Adina アディーナ	Dunque il soffrir primiero[152]?...	

それで、あの初恋の苦しみは？

Nemorino ネモリーノ	Dimenticarlo io spero.	

忘れられるように期待しているよ。

Adina アディーナ	Dunque l'antico fuoco?...	

それでは昔の炎は？…

Nemorino ネモリーノ	Si estinguerà fra poco. Ancora un giorno solo, E il core guarirà.	

もうじき消えるさ。
あと一日だけで
それで心は治るんだ。

Adina アディーナ	Davver? me ne consolo... Ma pure... si vedrà.	

本当？　よかったわね…
だけど…見てみましょう。

Nemorino ネモリーノ	(Esulti pur la barbara Per poco alle mie pene! Domani avranno termine, Domani mi amerà.)	

(野蛮な女は、どうぞもう少しの間
　ボクの苦しみをお楽しみください！
　明日になれば苦しみはさらばだ、
　明日になれば彼女はボクを愛すのだ)

---

(152) il soffrir(e) primiero (amore)「初恋を苦しむこと」の動詞不定形で名詞用法。primiero は詩語で「初めての（恋）」。

Adina アディーナ	(Spezzar vorria lo stolido, Gettar le sue catene; Ma gravi più del solito Pesar le sentirà.)

　　（あの馬鹿は｛彼を縛る恋の｝鎖を
　　ズタズタにして投げ捨てたいのだわ、
　　でも、それ｛恋の鎖｝をこれまでより
　　もっと重く感じるでしょうに）

Scena nona　　第9場

Belcore di dentro, indi in scena, e detti.
ベルコーレ、はじめは中から、それから舞台で。前述の人々

Belcore ベルコーレ	*(cantando.)* Tran tran, tran tran, tran tran. 　In guerra ed in amore 　L'assedio annoia e stanca.

　　（歌いながら）
　　タランタラン、タランタラン、タランタラン
　　　戦でも恋でも
　　　包囲戦は飽きるし疲れるな。

Adina アディーナ	(A tempo vien Belcore.)

　　（ちょうどいいところにベルコーレが来るわ）

Nemorino ネモリーノ	(È qua quel seccator!)

　　（ここにあの邪魔者がくる！）

Belcore ベルコーレ	*(uscendo.)* Io vado all'arma bianca[153] In guerra ed in amor.

　　（出てきながら）
　　私は白兵戦だ
　　戦でも恋でも。

Adina アディーナ	Ebben, gentil sergente, 　La piazza vi è piaciuta?

　　さて、優しい軍曹殿
　　　広場はお気に召しまして？

---

(153) arma bianca は「（刀・短剣など）白刃」。

Belcore ベルコーレ	Difesa è bravamente, E invano ell'è battuta.	
	上手に身を守るわい 彼女はただでは打ち負かされないぞ。	
Adina アディーナ	E non vi dice il core Che presto cederà?	
	心が貴方に言いませんか もうじき陥落するだろうと?	
Belcore ベルコーレ	Ah! lo volesse amore!	
	ああ！愛がそれを望めばの話です！	
Adina アディーナ	Vedrete che vorrà.	
	望むかもしれませんわ。	
Belcore ベルコーレ	Quando? saria possibile!	
	いつです？　可能でしょうか！	
Nemorino ネモリーノ	(A mio dispetto io tremo.)	
	（悔しくて震えが来る）	
Belcore ベルコーレ	Favella, o mio bell'angelo Quando ci sposeremo?	
	お話しください、わが麗しき天使よ いつ結婚しましょうか？	
Adina アディーナ	Prestissimo.	
	近々中に。	
Nemorino ネモリーノ	(Che sento?)	
	（なんだと？）	
Belcore ベルコーレ	Ma quando?	
	とは、いつのこと？	
Adina アディーナ	*(guardando Nemorino.)* 　　　　　Fra sei dì.	
	（ネモリーノを見ながら） 　　　　　６日後では。	
Belcore ベルコーレ	Oh! gioia! son contento.	
	おお！　嬉しや！　満足です。	
Nemorino ネモリーノ	*(ridendo.)* Ah! ah! va ben così.	
	（笑いながら） あっはっは！　それでいい。	

Belcore ベルコーレ	(Che cosa trova a ridere[154] Cotesto scimunito[155]? Or or lo piglio a scoppole[156] Se non va via di qua.) (なにがおかしいんだ 　あのばか者は？ 　今、捕まえて叩いてやるからな 　ここから立ち退かないならば)
Adina アディーナ	(E può sì lieto ed ilare Sentir che mi marito[157]! Non posso più nascondere La rabbia che mi fa.) (あんなに楽しそうで陽気にしていられるとは 　私が結婚すると聞いているくせに！ 　もう隠しておけないわ 　私の中の怒りを)
Nemorino ネモリーノ	(Gradasso[158]! ei già s'imagina Toccar il ciel col dito[159]: Ma tesa è già la trappola[160], Doman se ne avvedrà[161].) (ほら吹きめ！　奴はもう信じているんだ 　幸福の絶頂に着いたと。 　だが、わなはすでに仕掛けられているのだぞ 　明日には気がつくだろうさ)

---

(154) 直訳すると「笑うべきなにを見つけたのか？」。
(155) scimunito は「馬鹿」、「間抜け」。
(156) scoppola は「首筋を手で叩く」の意味。
(157) maritarsi は「女性が結婚する」、「夫を娶（めと）る」の意味。
(158) gradasso は「ほら吹き」。
(159) toccare il cielo col dito は直訳すると「指で天に触る」だが「幸福の絶頂にある」の意味。
(160) tesa (= tendere「張る」の過去分詞)で、essere teso(a) は「(罠〔わな〕・網などが）張られる、仕掛けられる」の意味。
(161) avvedersi di ... は「…に気がつく」。ここでは ne = di ciò で「それに（気がつく）」。

Scena decima　第10場

*Suona il tamburo: esce **Giannetta** con le **Contadine**,*
*indi accorrono i **Soldati** di Belcore.*

太鼓が鳴る。**ジャンネッタ**が農婦たちと出てくる。
それから、ベルコーレの兵士たちが走ってくる。

Giannetta ジャンネッタ	Signor Sergente, signor Sergente, 　Di voi richiede[(162)] la vostra gente. 軍曹さん。軍曹さん 　あなたの部下が貴方を探していますよ。
Belcore ベルコーレ	Son qua: che è stato? perché tal fretta? 私はここだ、どうしたのだ？　なぜそんなに急いでいる？
Soldati 兵士たち	Son due minuti che una staffetta[(163)] Non so qual ordine per voi recò. ２分前に伝令が 　何だか知りませんが命令を、貴方に届けてきました。
Belcore ベルコーレ	*(leggendo.)* Il Capitano... ah! ah! va bene. 　Su, camerati: partir conviene[(164)]. （読んで） 大尉殿だ…ああ！　ああ！　よろしい 　さあ、仲間たち、出発せにゃならぬ。
Cori コーラス	Partire!... e quando? 出発ですって！　それで、いつ？
Belcore ベルコーレ	Doman mattina. 　　　　　　　　明朝だ。
Cori コーラス	O Ciel sì presto! なんてことだ、そんなに早く！
Nemorino ネモリーノ	(Afflitta è Adina.) 　　　　　　　（悲しむぞ、アディーナは）
Belcore ベルコーレ	Espresso[(165)] è l'ordine—che dir non so. 命令はハッキリしておる、なんのことか分からぬが。

(162) richiedere di ... は「…について尋ねる」。
(163) staffetta は現代語では「(スポーツの) リレー」だが、昔は「早馬による伝令・使者」のこと。
(164) conviene は、ここでは３単を使う非人称動詞で動詞の不定詞を伴い「…したほうがよい」、
　　「…すべきである」。
(165) espresso は形容詞で「明白である」、「ハッキリしている」。

Cori コーラス	Maledettissima combinazione! Cambiar sì spesso di guarnigione! Dover le/gli amanti abbandonar! なんという呪われるべき巡り合わせだ！ こんなに頻繁に駐屯地を変えるとは！ 恋人を捨てて行かねばならぬとは！
Belcore ベルコーレ	Espresso è l'ordine — non so che far. Carina, udisti? domani addio! *(ad Adina.)* Almen ricordati[166] dell'amor mio. 命令はハッキリしておる、なにをすればよいか分からぬが。 かわいいひとよ、聞いたかね？ 明日はお別れだ！（アディーナに） せめて、私の愛を覚えていてください。
Nemorino ネモリーノ	(Sì, sì, domani ne udrai la nuova.) （そうだ、明日には新しい知らせを聞くさ）
Adina アディーナ	Di mia costanza ti darò prova: La mia promessa rammenterò. 私の変わらぬ操の証を差し上げますわ 私の約束は覚えていますわ。
Nemorino ネモリーノ	(Sì, sì, domani te lo dirò.) （そうだ、そうだ、ボクが明日言ってやるからな）
Belcore ベルコーレ	Se a mantenerla tu sei disposta,[167] Ché[168] non anticipi? che mai ti costa? Fin da[169] quest'oggi non puoi sposarmi? もし君が｛約束を｝守るつもりなら なぜ前倒しにしないのだ？ なんにも損をすることはあるまい？ 今日の今日から私と結婚できないのかね？
Nemorino ネモリーノ	(Fin da quest'oggi!) （今日の今日からだと！）

---

(166) ricordati は ricordarsi「覚える」、「思い出す」の命・現・2単。
(167) essere disposto a + 不定詞は「…するつもりである」、「…する用意がある」。
(168) ché = perché
(169) fin(o) da ... は「…から」。

Adina アディーナ	*(osservando Nemorino.)*	
	(Si turba, parmi[170].)	
	Ebben; quest'oggi...	
	（ネモリーノを見ながら）	
	（困っている　みたいだわ）	
	そう、今日の今日でも…	
Nemorino ネモリーノ	Quest'oggi! o Adina!	
	Quest'oggi, dici?...	
	今日の今日だと！　アディーナ！	
	今日の今日と言うのかい？…	
Adina アディーナ	E perché no?	
	なぜ、いけないの？	
Nemorino ネモリーノ	Aspetta almeno fin domattina.	
	せめて明朝まで待ってくれ。	
Belcore ベルコーレ	E tu che c'entri[171]? vediamo un po'.	
	お前になんの関係があるんだ？　ちょっと見てみよう。	
Nemorino ネモリーノ	Adina, credimi, te ne scongiuro[172]...	
	Non puoi sposarlo... te ne assicuro...	
	Aspetta ancora... un giorno appena...[173]	
	Un breve giorno... io so perché.	
	Domani, o cara, ne avresti pena,	
	Te ne dorresti[174] al par di me.	
	アディーナ、信じてくれ、頼むよ…	
	君は彼と結婚できないんだ…保証するよ	
	まだ待ってくれ…たった一日だけ…	
	短い日だ…ボクはわけを知っている。	
	明日になると、おおかわいいひとよ、君は苦しむだろう	
	ボクと同じように苦しむだろうよ。	

---

(170) parmi = mi pare「私には思われる（見える）」
(171) che c'entri？は慣用句で「お前がなんでそれに立ち入るのだ？＝お前になんの関係があるのだ？」。
(172) scongiurare は「懇願する」。
(173) Spart. では、un giorno solo で意味は同じ。
(174) dorresti は dolere「苦しむ」の条・現・2単。

Belcore ベルコーレ	Il ciel ringrazia, o babbuino[175], 　Che matto, o preso tu sei dal vino! 　Ti avrei strozzato, ridotto in brani, 　Se in questo istante tu fossi in te[176]. In fin ch'io tengo a fren le mani, 　Va via, buffone, ti ascondi a[177] me.

　　天に感謝しろ、このマントヒヒめが
　　　気ちがいか　それとも、ブドウ酒の飲み過ぎか！
　　　お前の首を絞め八つ裂きにしてやったものを
　　　もし、今、お前が正気なら。
　　おれが自分の手を押さえているうちに
　　　道化者めが、立ち去れ、おれの言うとおりにしろよ。

Adina アディーナ	Lo compatite, egli è un ragazzo: 　Un malaccorto, un mezzo pazzo: 　Si è fitto in capo ch'io debba amarlo, 　Perch'ei[178] delira d'amor per me.

　　彼のことは我慢してやって、子供ですもの
　　　浅はかなのよ、半気ちがいなのよ
　　　私が彼を愛さなければならないと思い込んでいるの
　　　彼は私のため恋で錯乱状態なんだから。

　　(Vo' vendicarmi, vo' tormentarlo,
　　　Vo' che pentito mi cada al pie'.)

　　（復讐してやるわ、苦しめてやるわ
　　　私の足下に後悔してひれ伏させてやるわ）

---

(175) babbuino「（動物の）ヒヒ」、また「馬鹿者」の意味にも使用。
(176) essere in se stesso は「正気である」。
(177) assecondarsi a ... .「…に従う」
(178) ei は訳注 (97) 参照。

Giannetta e Cori ジャンネッタとコーラス	Vedete un poco quel semplicione[179]. 　Ha pur la strana presunzione: 　Ei pensa farla ad[180] un Sergente, 　A un uom di mondo, cui par non è. Oh! sì per bacco[181], è veramente 　La bella Adina boccon[182] per te!	
	見てご覧、あの単純な男を。 　それでも、妙なうぬぼれを持っているのよ 　軍曹に勝つつもりらしいの 　彼の比ではない世渡りに長けたあの男にね。 なんとまあ、本当だよ　美人の 　アディーナはあんたには大き過ぎるご馳走なのに！	
Adina アディーナ	*(con risoluzione.)* 　　Andiamo, Belcore, 　　　Si avverta il Notaro.	
	（決然と） 　　ベルコーレさん、行きましょう 　　　公証人に知らせなければ	
Nemorino ネモリーノ	*(smanioso.)* 　　Dottore! Dottore!... 　　Soccorso! riparo!	
	（すっかり興奮して） 　　ドクター！　ドクター！ 　　助けて！　救済方法を！	
Giannetta e Cori ジャンネッタとコーラス	È matto davvero.	
	本物の狂人だ。	
Adina アディーナ	(Me l'hai da pagar[183].) A lieto convito, 　Amici, v'invito.	
	（今に見るがいいわ） 楽しい宴会に 　お友達よ、みなさんをご招待しますわ。	

(179) semplicione = semplice「単純な（者）」に増大を表す接尾辞 –one がついたもので「非常に単純な者」
(180) farla a ... は「…に立ち向かう」、「勝つ」の意味。
(181) Bacco は「{酒の神} バッカス」だが、per Bacco は驚き、驚嘆を表す間投詞。
(182) boccon(e) は、ここでは「身分不相応のご馳走（相手）」。
(183) averla da pagare は「後で払わせる＝仕返しをする」の意味。

Belcore ベルコーレ		Giannetta, ragazze, V'aspetto a ballar.
		ジャンネッタ、娘さん方よ ダンスで待っていますからね。
Giannetta e Cori ジャンネッタとコーラス		Un ballo! un banchetto! Chi può ricusar?
		ダンスパーティ！ 宴会！ 誰がお断りするでしょうか？
Adina, Belcore, **Giannetta e Cori** アディーナ、ベルコーレ、 ジャンネッタとコーラス		Fra lieti concenti—gioconda brigata[184], Vogliamo contenti—passar la giornata: Presente alla festa—Amore verrà[185]. 　　(Ei perde la testa[186]: 　　Da rider mi fa.)
		楽しいハーモニーのとれた響きの中で、愉快な仲間と 楽しく過ごしましょう、一日を、 パーティには、愛の神が来て出席するわ 　　（彼は頭に来ているわね 　　お笑いだわね）
Nemorino ネモリーノ		Mi sprezza il Sergente—mi burla l'ingrata, Zimbello[187] alla gente—mi fa la spietata. L'oppresso mio core—più speme[188] non ha. 　　Dottore! Dottore! 　　Soccorso! pietà!
		あの軍曹はボクを軽蔑し、あの薄情女はボクを馬鹿にしている あの無慈悲な女はボクを、人々の笑いものにしている。 ボクの心は押しつぶされて、もはや希望もない。 　　ドクター！ ドクター！ 　　助けて！ お願いです！

(Adina dà la mano a Belcore e si avvia con esso.
Raddoppiano le smanie di Nemorino; gli astanti lo dileggiano.)
　　（アディーナはベルコーレに手を差し出して、彼と出ていく。
　　ネモリーノの興奮はさらに激しくなり、居合わせた人々は嘲笑する）

---

(184) brigata は、ここでは「仲間たち」の意味。
(185) Spart. では、verrà「来るだろう」が sarà「いるだろう」。
(186) perdere la testa は「理性を失う」、「夢中になる」。
(187) zimbello は「嘲笑の的」、「笑いもの」。
(188) speme = speranza「希望」の詩形。

第2幕

ATTO SECONDO

Atto secondo
第２幕

Scena prima　第１場

Interno della Fattoria d'Adina.
アディーナの農園の建物の中

〈Coro d'Introduzione　導入部のコーラス〉

*Da un lato tavola apparecchiata a cui sono seduti **Adina**,*
***Belcore**, **Dulcamara** e **Giannetta**. Gli abitanti del villaggio*
in piedi bevendo e cantando.
Di contro i suonatori del reggimento montati sopra una specie
d'orchestra suonando le trombe.

片側に食事の支度が整ったテーブルがあり、そこに**アディーナ、ベル
コーレ、ドゥルカマーラ、ジャンネッタ**が座っている。村の住民は
立ったまま飲んだり歌ったりしている。
反対側で連隊の楽士たちが、一種のオーケストラ席の上に陣取り
ラッパを吹いている。

Coro コーラス	Cantiamo, facciam brindisi[189] A sposi così amabili. Per lor sian lunghi e stabili I giorni del piacer.

　　歌おう、乾杯しよう
　　かくも愛らしい新郎新婦のために
　　彼らのために、長くて変わらぬものでありますように
　　喜びの日々が。

---

(189) brindisi は男性単複同形名詞で「乾杯」fare (un) brindisi「乾杯する」。

Belcore ベルコーレ	Per me l'amore e il vino 　Due numi⁽¹⁹⁰⁾ ognor saranno. 　Compensan⁽¹⁹¹⁾ d'ogni affanno 　La donna ed il bicchier.	

私にとって、恋とワインは
　　いつまでも2柱（はしら）の神であるでしょう
　　あらゆる苦しみは、女と杯が
　　埋め合わせてくれるのです。

Adina アディーナ	(Ci fosse Nemorino! 　Me la vorrei goder⁽¹⁹²⁾.)

（もし、ネモリーノがいればなあ！
　　大いに楽しんでやるものを）

Coro コーラス	Cantiamo, facciam brindisi 　A sposi così amabili. 　Per lor sian lunghi e stabili 　I giorni del piacer.

歌おう、乾杯しよう
　　かくも愛らしい新郎新婦のために
　　彼らにとって、長くて変わらぬものでありますように
　　喜びの日々が。

---

(190) nume は「神」、「神意」だが、ここでは「神」の意味。
(191) compensare di ... は「…について弁償する」、「償う」。
(192) godersela は、「大いに楽しむ」の意味。

Dulcamara ドゥルカマーラ		Poiché cantar vi alletta[193], 　Uditemi, signori. 　Ho qua una canzonetta 　Di fresco data fuori, 　Vivace, graziosa, 　Che gusto[194] vi può dar; Purché[195] la bella sposa 　Mi voglia secondar[196].
		歌うことが喜ばせるならば 　皆さん、お聞きください。 　私はここにカンツォネッタを1曲持っています 　出来立てのほやほやで 　華やかなかわいいもので 　皆さんのお気に召すでしょう。 　美しい花嫁さんが私に 　　ついて歌ってくだされば。
Tutti 一同		Sì sì, l'avremo cara: Dev'esser cosa rara, Se il grande Dulcamara È giunta a contentar.
		そうだ、そうだ、私たちにも楽しいもの 　稀なるものに違いない 　偉大なるドゥルカマーラを 　満足させてしまったのだもの。
Dulcamara ドゥルカマーラ		*(cava di saccoccia alcuni librettini, e ne dà uno ad Adina.)* *La Nina Gondoliera,* *E il Senator*[197] *Tredenti.* *Barcaruola a due voci*[198]*.* Attenti.
		（袋から何冊かの小冊子を出し、一冊をアディーナに与える） 　*ゴンドラの女船頭ニーナと* 　*トレデンティ上院議員の* 　*2声の舟歌。* 　*さあ、謹聴、謹聴。*

(193) allettare は「魅了する」。
(194) gusto は、ここでは「喜び」、「楽しみ」。
(195) purché + 接続法動詞＝「…するならば」
(196) secondare は「（歌・曲などに）唱和する」、「ついてくる」。
(197) senatore は「上院議員」。
(198) a due voci は「2声の」。

	Tutti 一同	Attenti. さあ、謹聴、謹聴。
	Dulcamara ドゥルカマーラ	*Io son ricco, e tu sei bella,* 　*Io ducati e vezzi hai tu:* *Perché a me sarai rubella,* 　*Nina mia, che vuoi di più?* わたしは金持ち、お前は美人 　わたしはドゥカート金貨をたくさん持ち。お前は愛嬌を持つ なぜ、わたしにつれなくするのかね 　わたしのニーナ、なにがもっと欲しいのだ？
	Adina アディーナ	*Qual onore! — Un senatore* 　*Me d'amore — supplicar!* *Ma, modesta gondoliera,* 　*Un par*⁽¹⁹⁹⁾ *mio mi vo' sposar.* なんという名誉でしょう！　上院議員様が 　私に愛を　懇願するなんて！ だけど、私はしがないゴンドラの女船頭 　私と同じような男と結婚したいのです。
	Dulcamara ドゥルカマーラ	*Idol mio, non più rigor,* 　*Fa' felice un senator.* 憧れの君よ、これ以上つれなくしないでくれ 　上院議員を幸せにしてくれ
	Adina アディーナ	*Eccellenza! troppo onor.* 　*Io non merto*⁽²⁰⁰⁾ *un senator.* 閣下！　なんという名誉でしょう、 　{でも} 私は上院議員様には値しません
	Dulcamara ドゥルカマーラ	*Adorata Barcaruola,* 　*Prendi l'oro e lascia amor,* *Lieve è questo, e lieve vola;* 　*Pesa quello, e resta ognor.* 熱愛する女船頭よ 　黄金をえらび恋を捨ててくれ 恋は軽く、軽々と飛び去ってしまう 　黄金は重く、いつまでも残るぞ

---

(199) par = pari「(地位などが) 同等の人」
(200) merto は meritare「値する」の直・現・1 単 merito の詩形。

Adina アディーナ	*Quale onore! − Un senatore* 　*Me d'amore − supplicar!* *Ma Zanetto − è giovinetto;* 　*Ei mi piace, e il vo' sposar.*⁽²⁰¹⁾	

なんという名誉でしょう！　上院議員様が
　私に愛を　懇願なさるなんて！
だけど、ザネットは　若者なんです
　私は彼が好きで、彼と結婚したいのです。

Dulcamara ドゥルカマーラ	*Idol mio, non più rigor*⁽²⁰²⁾, 　*Fa' felice un senator.*	

憧れの君よ、これ以上つれなくしないでくれ
　上院議員を幸福にしてくれ

Adina アディーナ	*Eccellenza! troppo onor.* 　*Io non merto un senator.*	

閣下！　なんという名誉でしょう
　{でも}私は上院議員様には値しませんわ。

Tutti 一同	Bravo, bravo Dulcamara! 　La canzone è cosa rara. Scegliere meglio non può certo 　Il più esperto cantator.	

うまいぞ、上手だ　ドゥルカマーラさん！
　{歌詞も曲も}歌は稀に見るもので
最高の歌い手で
　これ以上のものを選べっこないのは確かだ。

Dulcamara ドゥルカマーラ	Il Dottore Dulcamara 　In ogni arte è professor.	

(viene un Notaro.)

ドクター・ドゥルカマーラは
　なんの術においてもプロフェッサーですよ。

（公証人が来る）

---

(201) il vo' sposar = voglio sposarlo. Spart. では、この行は che mi piace e vo' sposar. で意味はほとんど同じ。
(202) rigore は、「厳しさ」、「苛酷さ」だが、ここでは「むごい態度」。

Belcore ベルコーレ	Silenzio! *(tutti si fermano.)* —È qua il Notaro[203], Che viene a compier l'atto[204] Di mia felicità.	

静粛に！（みな動きを止める）　公証人のお出でだ。
証書を作成に来られたのだ
私の幸せの。

Tutti 一同	Sia il ben venuto[205]!	

よくいらっしゃいました！

Dulcamara ドゥルカマーラ	T'abbraccio e ti saluto O medico d'Amor, spezial d'Imene.[206]	

ご挨拶の抱擁をいたします、ようこそ。
おお、愛の医師で　結婚の調剤師殿。

Adina アディーナ	(Giunto è il Notaro, e Nemorin non viene!)	

（公証人がついたのに、ネモリーノが来ない！）

Belcore ベルコーレ	Andiam, mia bella Venere[207]... Ma in quelle luci[208] tenere Qual veggo nuvoletto?	

行きましょう　私の美しいヴィーナスさん
だが、その優しい瞳に
なにか小さい雲が見えるが？

Adina アディーナ	Non è niente. (S'egli non è presente, Compita non mi par la mia vendetta.)	

なんでもありませんわ
（もし、彼が出席しなければ
果たされたとは思えない、私の復讐が）

Belcore ベルコーレ	Andiamo a segnar[209] l'atto: il tempo affretta[210].	

証書にサインをしに参りましょう、時間を急ぎますから。

---

(203) notaro = notaio「公証人」の古語
(204) atto は「公式文書」、「証書」。
(205) ben venuto は歓迎の「いらっしゃい」「よくお出でくださいました」の名詞形。
(206) Spart. では、primo uffizial, reclutatore d'Imene. で「婚礼の第1番目の役人で募集人」。
(207) Venere は「ヴィーナス」。
(208) luce は詩語では「目」。
(209) segnare はここでは「サインする」の意味。
(210) affrettare はここでは自動詞「急ぐ」。

Tutti 一同	Cantiamo ancora un brindisi 　A sposi così amabili: 　Per lor sian lunghi e stabili 　I giorni del piacer.

(partono tutti.
Dulcamara ritorna indietro, e si rimette a tavola.)

　　もう一度乾杯を歌おう
　　　かくも愛すべき花嫁花婿に
　　　彼らにとって、長くて変わらぬものでありますように
　　　喜びの日々が。

（みなは出ていく
ドゥルカマーラは引き返してきて再びテーブルに座る）

Scena seconda　第2場

〈Recitativo, Scena e Duetto　レチタティーヴォ、シェーナ、ドゥエット〉

> ***Dulcamara , indi Nemorino.***
> **ドゥルカマーラ、それからネモリーノ**

Dulcamara ドゥルカマーラ	Le feste nuziali[211], Son piacevoli assai; ma quel che in esse Mi dà maggior diletto È l'amabile vista del banchetto.

　　　　結婚パーティは
　　　　非常に楽しいものだ　だが、なかでも
　　　　私が一番喜びとするのは
　　　　祝宴の｛テーブルの｝楽しい眺めだ。

Nemorino ネモリーノ	*(sopra pensiero.)* Ho veduto il Notario: Sì, l'ho veduto... Non v'ha[212] più speranza Nemorino, per te; spezzato ho il core.

　　　（思いに耽り）
　　　　ボクは公証人を見たぞ
　　　　そうだ、見たぞ…もはや希望はなしか
　　　　ネモリーノ、お前にとって。心が引き裂かれるわい。

---

(211) nuziale は「結婚の」、「婚礼の」。
(212) v'ha は c'è と同じで「ある」。

Dulcamara ドゥルカマーラ	*(cantando fra i denti.)*	
	Idol mio, non più rigor, *Fa' felice un senator.*	
	（口を閉じて歌いながら）	
	憧れの君よ　これ以上つれなくしないでおくれ 上院議員を幸福にしておくれ	
Nemorino ネモリーノ		Voi qui, Dottore!
		貴方はここに、ドクター！
Dulcamara ドゥルカマーラ	Sì, m'han voluto a pranzo Questi amabili sposi, e mi diverto Con questi avanzi[213].	
	そうだよ、披露宴に呼んでくれたのだよ この愛すべき新郎新婦がね　それで、わしは楽しんでおる この残り物で。	
Nemorino ネモリーノ		Ed io son disperato,
	Fuori di me son io. Dottore, ho d'uopo[214] D'essere amato... prima di domani... Adesso... su due pie'[215].	
		ボクは絶望しているんですよ
	気が動転しているんです。ドクター、ボクは 愛されなければならないんです…明日になる前に… いま…すぐに。	
Dulcamara ドゥルカマーラ	*(s'alza.)*	
		(Cospetto[216], è matto!)
	Recipe[217] l'elisir, e il colpo è fatto.	
	（立ち上がる）	
		（なんとまあ　気ちがいだ！）
	妙薬服用のこと、これで大丈夫。	
Nemorino ネモリーノ	E veramente amato Sarò da lei?...	
	それで本当に愛されるでしょうね ボクは彼女に？	

---

(213) avanzo は「残り物」。
(214) avere d'uopo di ＋ 動詞の不定詞＝「…の必要がある」
(215) su due piedi は「すぐに」、「直ちに」。
(216) cospetto は、驚きを表す間投詞で「おやまあ」。
(217) Recipe は処方箋の最初の言葉でラテン語で「服用のこと」。

Dulcamara ドゥルカマーラ	Da tutte: io tel[218] prometto. Se anticipar l'effetto Dell'elisir tu vuoi, bevine[219] tosto Un'altra dose. (Io parto fra mezz'ora.) 　　　　　女性みんなにだ　わしは君に約束する。 もし、前倒しにしたいなら 妙薬の効果を。早く飲むのだ もう一回分の服用量を。(私は30分後に出発するぞ)
Nemorino ネモリーノ	Caro Dottor, una bottiglia ancora. ドクター、もう一瓶お願いします
Dulcamara ドゥルカマーラ	Ben volontier. Mi piace Giovare a' bisognosi.—Hai tu danaro? いいとも、喜んで。わしは好きなのだ 必要とする人たちの役に立つのが。君は金があるだろうね？
Nemorino ネモリーノ	Ah! non ne ho più. ああ！　もう一文もありません。
Dulcamara ドゥルカマーラ	Mio caro, La cosa cambia aspetto. A me verrai Subito che ne avrai.—Vieni a trovarmi, Qui presso, alla Pernice[220]. Ci hai tempo un quarto d'ora[221]. *(parte.)* 　　　　　君ね そうなると事態は変わってくる。金が入り次第すぐに 私のところに来なさい…私に会いに来なさい。 この近くだ、「シャコ亭」に、 君には時間が15分あるから。(出て行く)

---

(218) tel = te lo で「君にそれを」。
(219) bevine = bevi + ne (それの)、ここでは「それの (もう一服)」。
(220) pernice は、ここは屋号だが、鳥の「山ウズラ」、「シャコ」。
(221) un quarto は「4分の1」で、un quarto d'ora は「15分」。

Scena terza　第3場

> *Nemorino, indi Belcore.*
> ネモリーノ　それからベルコーレ

Nemorino
ネモリーノ

(si getta sopra una panca.)
　　　　　　　　　　　　Oh! me infelice!
（木の長椅子の上に身を投げ掛ける）
　　　　　　　　　　　ああ！　不幸なボクよ！

Belcore
ベルコーレ

La donna è un animale
Stravagante davvero. Adina m'ama,
Di sposarmi è contenta, e differire[(222)]
Pur vuol fino a stasera!

　女とは　生き物だわい
　実に風変わりな。アディーナはわたしを愛し
　わたしと結婚するのを喜んでいる、それなのに時間をずらしてくれ、
　どうか、今晩までだと！

Nemorino
ネモリーノ

　　　　　　　　　(Ecco il rivale!
Mi spezzerei la testa di mia mano.) *(Si straccia i capegli.)*

　　　　　　　（恋がたきだ！
　自分の手で自分の頭を割ってやりたいものだ）（髪を掻きむしる）

Belcore
ベルコーレ

(Ebbene—che cos'ha questo baggiano[(223)]?)
Ehi, ehi, quel giovinotto!
Cos'hai che ti disperi[(224)]?

　（さて、あの馬鹿者はどうしたんだろう？）
　おい、おい、そこの若者！
　絶望している様子だがどうしたのだ？

Nemorino
ネモリーノ

　　　　　　　　　　　Io mi dispero...
Perché non ho denaro... e non so come,
Non so dove trovarne.

　　　　　　　　絶望しているのは…
　お金がないからです…どうやって
　どこで工面してよいやら分からないのです。

---

(222) differire は「時間をずらす」、「延期する」。
(223) baggiano も「馬鹿者」。
(224) disperarsi は「絶望する」。

Belcore ベルコーレ	Eh! scimunito! Se danari non hai, Fatti[225] soldato... e venti scudi avrai. おい！　愚か者め！ お金が無いなら 兵隊になれ…20スクードが貰えるぞ…
Nemorino ネモリーノ	Venti scudi! 20スクード！
Belcore ベルコーレ	E ben sonanti[226]. チャリンチャリンした現金だ
Nemorino ネモリーノ	Quando? adesso? いつです？　今でも？
Belcore ベルコーレ	Sul momento. 即座にだ
Nemorino ネモリーノ	(Che far deggio[227]?) （どうすべきか？）
Belcore ベルコーレ	E coi contanti, Gloria e onore al reggimento[228]. 現金で 栄光と名誉を連隊に。
Nemorino ネモリーノ	Ah! non è l'ambizione[229], Che seduce[230] questo cor. ああ！　功名心ではないのですよ この心をそそるのは。
Belcore ベルコーレ	Se è l'amore, in guarnigione Non ti può mancar[231] l'amor. もし恋なら　駐屯地では 君は恋には不自由しないぞ

---

(225) fatti = fa'+ ti は farsi「なる」の命・現・2単で「なれ」。
(226) sonante「音がする」から (moneta) sonante「現金」や「硬貨」。
(227) deggio は dovere の直・現・1単 devo の古い形。
(228) reggimento は「連隊」。
(229) ambizione は女性名詞「野心」、「功名心」。
(230) seduce は sedurre「唆（そそのか）す」、「口説き落とす」の直・現・3単。
(231) mancare は自動詞「不足する」、「欠ける」で、ここでは主語は後ろの l'amore

Nemorino ネモリーノ	(Ai perigli⁽²³²⁾ della guerra Io so ben che esposto sono⁽²³³⁾;

   （戦いの危険に
    身を晒すことになるのはよく知っている。

   Che doman la patria⁽²³⁴⁾ terra,
   Zio, congiunti, ahimè, abbandono...

    明日、故国や伯父や親戚たちを
    ああ悲しや、捨てることになるのもよく知っている…

   Ma so pur, che fuor di⁽²³⁵⁾ questa,
   Altra strada a me non resta
   Per poter del cor d'Adina
   Un sol giorno trionfar.

    だが、ボクは知っているのだ、この道以外に、
    アディーナの心にただの1日でも勝利を
    収めることができるための道は
    残されていないことも。

   Ah! chi un giorno ottiene Adina
    Fin la vita può lasciar.)

    ああ！　一日でもアディーナを手に入れる者は
     命さえ投げ出すことができるのだ）

Belcore ベルコーレ	Del tamburo al suon vivace, Tra le file e le bandiere, Aggirarsi amor si piace Con le vispe vivandiere⁽²³⁶⁾:

    太鼓の威勢のよい音に
     隊列や旗のあいだで
     ぴちぴちとした酒保の女と
     歩き回るのは、愛の神もお好きだ。

---

(232) periglio は pericolo「危険」の詩語。
(233) essere esposto a ... は「…にさらす（出す）」。
(234) patria はここでは名詞ではなく、形容詞 patrio「祖国の」の女性形。
(235) fuori di ... は「…以外に」、「…の外に」。
(236) vivandiera は「昔の軍隊と行動を共にしていた酒や女色を売る女性」、「従軍酌婦」のことで、ここでは「酒保の女」とする。

> Sempre lieto, sempre gaio,
> Ha di belle un centinaio,
> Di costanza non s'annoia,
> Non si perde[237] a sospirar.

> いつも楽しくいつも快活にして
> 百人もの美女を持てば
> 誠実さに飽きもしないし
> 溜め息をつくヒマもない。

> Credi a me: la vera gioia
> Accompagna il militar[238].

> わたしの言うことを信じたまえ、本当の喜びは
> 軍人が引き連れているのだよ。

Nemorino / ネモリーノ
> Venti scudi!
> 20スクード！

Belcore / ベルコーレ
> Su due piedi.
> 即座に

Nemorino / ネモリーノ
> Ebben, vada. Li prepara.
> よろしい、行ってください　準備してください。

Belcore / ベルコーレ
> Ma la carta che tu vedi
> Pria[239] di tutto dei[240] segnar.
> Qua una croce[241].
> *(Nemorino segna rapidamente e prende la borsa.)*

> だが、君の見ている紙に
> 先ず第一にサインをしなければならない
> ここだ、十字｛の印｝だ
>
> （ネモリーノは急いで印をして金包みを貰う）

Nemorino / ネモリーノ
> (Dulcamara
> Volo tosto[242] a ricercar.)

> （ドゥルカマーラを
> 探しにすぐに一飛びしなくては）

---

(237) perdersi はここでは「時間を無駄にする」の意味。
(238) militare は「軍人」。
(239) pria は prima の詩形で、ここでは prima di tutto「先ず第一に」と同じ。
(240) dei は dovere の直・現・2単 devi の詩形。
(241) croce とは、字の書けない人は署名の代わりに十字を書いた。我が国の x 印と同じ。
(242) tosto は「素早く」、「大急ぎで」。

Belcore ベルコーレ	Qua la mano, giovinotto, 　Dell'acquisto mi consolo[243]: 　In complesso,[244] sopra e sotto, 　Tu mi sembri un buon figliuolo, 　Sarai presto caporale[245], 　Se me prendi ad[246] esemplar. お若いの、{さあ、手を出せ} 握手だ 　わたしはこの買い物に満足しているぞ 　全体的に　上から見ても下から見ても 　君はよい若者のようだ。 　すぐに伍長になれるだろう 　わたしを手本に見習えば。 (Ho ingaggiato[247] il mio rivale: 　Anche questa è da contar.) (わしは、わしのライバルを雇い入れたわけだ。 　これも勘定に入れられるわけだ)
Nemorino ネモリーノ	Ah! non sai chi m'ha ridotto 　A tal passo, a tal partito: 　Tu non sai qual cor sta sotto 　A quest'umile vestito;[248] ああ！お前は知らないな、誰がボクをダメにしたのか 　こんな具合に、こんな状態にまで。 　お前は知らないな、どんな心が隠されているか 　この粗末な衣服の下に。 Quel che a me tal somma vale 　Non potresti imaginar. この金額がボクにとってどんな価値があるかは 　お前には想像もつくまいさ。

---

(243) consolarsi は「喜ぶ」、「安心する」。
(244) in complesso は「全体的に」、「おおまかに言って」。
(245) capolare は「(下士官の一番下の階級の) 伍長」。
(246) prendere a + 不定詞は「…を始める」。
(247) ingaggiare は「雇い入れる」。
(248) Spart. では、この行は a si semplice vestito で意味はほとんど同じ。

(Ah! non v'ha tesoro eguale,
　Se riesce a farmi amar.)[249]　　　　　　　　　　　*(partono.)*

（ああ！　これに匹敵する宝はない
　　もし、ボクを愛させることができれば）　　（彼らは出て行く）

Scena quarta　第4場

Rustico cortile aperto nel fondo.
奥手に開けた農家の中庭

〈Coro コーラス〉

[*Giannetta e Paesane.*
　ジャンネッタと村の女たち]

Coro コーラス	Saria[250] possibile? 本当かしら？
Giannetta ジャンネッタ	Possibilissimo. 　　　大いにあり得るわ。
Coro コーラス	Non è probabile. 可能性はないわ
Giannetta ジャンネッタ	Probabilissimo. 　　　おおありよ。
Coro コーラス	Ma come mai?—ma d'onde[251] il sai? Chi te lo disse? chi è? dov'è? だけど一体どうやって？　どこから知ったの？ 誰があんたに言ったの？　誰が？　どこで？

---

(249) Spart. では、この次に Belcore の言葉が2行入る。
　　　Belcore: vieni, vieni al reggimento　　来い、来い、連隊へ
　　　　　　　　vivandiere a cento a cento.　酒保の女がうじゃうじゃだ。
(250) saria は essere の条・現・3単 sarebbe の詩形。
(251) donde = da dove「どこから」

Giannetta ジャンネッタ	Non fate strepito: parlate piano: 　Non anco[252] spargere si può l'arcano. 　　È noto solo—al merciaiuolo, 　　Che in confidenza l'ha detto a me.	

騒がないでよ…静かに話してよ、
　　まだ秘密を広めることもできないのよ
　　　　知っているのは　小間物屋だけで
　　　　彼が私に内緒で言ったのよ。

Coro コーラス	Il merciaiuolo! l'ha detto a te! 　Sarà verissimo... oh! bella affè[253]!

小間物屋が！　あんたにそう言ったのかい！
　｛それでは｝本当も本当かもね…おお！誓って！

Giannetta ジャンネッタ	Sappiate[254] dunque che l'altro dì Di Nemorino lo zio morì; Che al giovinotto lasciato egli ha Cospicua, immensa eredità. Ma zitte... piano... per carità. Non deve dirsi.[255]

いいこと、さて、一昨日のこと、
ネモリーノの伯父さんが死んで
あの若造に残したんだって
大変な、非常に大きな遺産を。
だけど、黙っていて…静かに…絶対に
話してはいけないよ。

Coro コーラス	Non si dirà.

　　　　　　言わないわよ。

---

(252) anco は anche の詩形。
(253) affè は間投詞で「誓って！」。bella は強め。「本当に誓って！」。
(254) sappiate は sapere「知る」の命・現・2複で呼びかけて「みんな、知っていてよ」、「いいこと」。
(255) non deve dirsi は non si deve dire「言ってはならない」、「口にすべきではない」。

Tutte 一同	Or Nemorino è milionario... È l'Epulone[256] del circondario... Un uom di vaglia, un buon partito... Felice quella cui fia[257] marito! Ma zitte... piano... per carità. Non deve dirsi, non si dirà.

(veggono Nemorino che si avvicina, e si ritirano in disparte curiosamente osservandolo.)

今じゃ、ネモリーノは百万長者だ…
この近在一の金持ちでもある…
名士だわ いい結婚の組み合わせになるよ…
彼を夫とする女は幸福よ！
だが、黙って…静かに…絶対に
言ってはいけない、言わないこと。

(近づいてくるネモリーノを見て、脇による。
珍しそうに彼を見ながら)

Scena quinta　第5場

〈Quartetto クヮルテット〉

Nemorino e dette.
ネモリーノと前述の女たち

Nemorino ネモリーノ	Dell'elisir mirabile Bevuto ho in abbondanza, E mi promette il medico Cortese ogni beltà[258].

驚くべき妙薬を
たっぷり飲んでしまった、
親切な医者は約束してくれた
あらゆる美人を。

---

(256) Epulone はルカ福音書16章19行以下にあるイエスによる貧者ラザロと金持ちの男の例え話に出てくる「金持ち」のこと。福音書では名前は出てこないが、聖書研究家のあいだでは昔から Epulone という名の男とされている。死後、ラザロは天国に運ばれたが、金持ちは地獄で永遠の苦しみを味わったとされる。村娘たちになぜ一般には余り知られていない Epulone の名前を使わせたかは不明である。
(257) fia は essere の直・未・3単 sarà の詩（古）形。
(258) beltà は「美」だが、ここでは「美女」、「美人」。

	In me maggior del solito 　Rinata[259] è la speranza, 　L'effetto di quel farmaco 　Già, già sentir si fa.
	ボクの中にはいつもよりもっと大きな希望が 　甦(よみがえ)ってきたぞ。 　あの薬の効果は 　すでに、すでに、感じられる。
Coro コーラス	(È ognor negletto[260] ed umile: 　La cosa ancor non sa.)
	(相変わらずだらしなく、みすぼらしい 　彼はまだ事態を知らないんだ)
Nemorino ネモリーノ	*(per uscire.)* Andiam.
	(出ようとし) さあ、行くぞ。
Giannetta e Coro ジャンネッタとコーラス	*(inchinandolo, arrestandolo.)* 　Serva umilissima.
	(彼に恭しく身をかがめ、彼を引き止めながら) 　卑しい下女でございます。
Nemorino ネモリーノ	Giannetta! ジャンネッタ！
Coro コーラス	*(l'una dopo l'altra.)* 　A voi[261] m'inchino.
	(1人また1人と) 　貴方様に頭を下げてご挨拶申し上げます。
Nemorino ネモリーノ	*(fra sè maravigliato.)* (Cos'han coteste giovani?)
	(心の中で驚いて) （どうしたんだろう　この若い娘たちは？）

---

(259) rinato は rinascere「生まれ返る」、「甦る」の過去分詞。
(260) negletto は「だらしのない」。
(261) ここから皆はネモリーノに今までの「tu」ではなく敬意を表して「voi」を使いだしていることに注意。

Giannetta e Coro ジャンネッタとコーラス	Caro quel Nemorino! Davvero ch'egli è amabile; Ha l'aria da signor.
	かわいいわね、あのネモリーノさんは！ 本当に彼は愛らしい まるで紳士のようだ。
Nemorino ネモリーノ	(Capisco: è questa l'opera 　Del magico liquor.)
	(分かったぞ、これこそ働きだ 　あの魔法の飲み薬の)

Scena sesta　第6場

Adina e Dulcamara escono da varie parti e si fermano
in disparte maravigliati al veder Nemorino corteggiato
dalle Villanelle; e detti.

アディーナと**ドゥルカマーラ**は別々の所から出てきて立ち止まり、
少し離れたところから村の娘たちに言い寄られているネモリーノ
を見てビックリする。前述の人々。

Adina e Dulcamara アディーナとドゥルカマーラ	Che vedo?
	なんという光景だろう？
Nemorino ネモリーノ	*(vedendo Dulcamara.)* 　　　　Ah! ah! è bellissima! Dottor, diceste il vero. Già per virtù simpatica Toccato ho a tutte il cor.[262]
	(ドゥルカマーラを見て) 　　　あっはっは！　素晴らしいですよ！ ドクター、あなたの言うことは真実でした もう、{薬の}楽しい力のお蔭で ボクは女の子みんなの心に触れてしまいましたよ。
Adina アディーナ	(Che sento?)
	(なんですって？)

---

[262] この行は Ho toccata il cuore a tutte (le ragazze). と書きかえると分かりやすい。

Dulcamara ドゥルカマーラ	E il deggio credere!⁽²⁶³⁾ Vi piace! *(alle Paesane.)*

信じるべきだろうか！
みんな彼が好きなんだな！（村娘たちに）

Coro コーラス	Oh! sì, davvero. È un giovane⁽²⁶⁴⁾ che merita Da noi riguardo e onor.

ああ、もちろん、本当に。
彼は、私たちの尊敬と名誉に
値する若者ですもの。

Dulcamara ドゥルカマーラ	(Io cado dalle nuvole,⁽²⁶⁵⁾ Il caso è strano e novo; Sarei d'un filtro magico Davvero possessor!)

（全くたまげた
奇妙で珍しいことだ。
｛こうなると｝わしは、魔法の蒸留薬の
本当に所持者というわけだ！）

Nemorino ネモリーノ	(Non ho parole a esprimere Il giubilo ch'io provo; Se tutte, tutte m'amano, Dev'ella amarmi ancor⁽²⁶⁶⁾.)

（ボクは表す言葉もない
いま感じる喜びを、
みんな女の子がボクを愛すなら
彼女だってボクを愛しているに違いない）

---

(263) il deggio credere! = lo devo credere = devo crederlo で「おれはそれを信じなければならないのか！」。
(264) Spart. では、giovane が giovine になっているが意味は同じ。
(265) cadere dalle nuvole 直訳すると「雲から落ちる」だが「ビックリ仰天する」の意味。
(266) ancora はここでは文語・詩語の anche と同じで「(彼女も)また」の意味。

Adina アディーナ	(Credea[267] trovarlo a piangere, 　E in gioco e in feste il trovo; 　Ah! non saria possibile, 　Se a me pensasse ancor!)	
	（彼が泣いていると信じていたら 　喜んで飛び跳ねているわ、 　ああ！　あり得ぬことだわ 　彼がまだ私のことを考えているならば！）	
Giannetta e Coro ジャンネッタとコーラス	(Oh! il vago[268], il caro giovane! 　Da lui più non mi movo: 　Vo' fare l'impossibile 　Per inspirargli amor.)	
	（おお！　素敵でかわいい若者だ 　私は彼のまわりからもう動かないわ、 　不可能なことだってしてやりたいわ 　彼に恋心を吹き込むためなら）	
Giannetta ジャンネッタ	*(a Nemorino.)* Qui presso all'ombra aperto è il ballo. 　Voi pur verrete?	
	（ネモリーノに） ここの木陰で　ダンスパーティが開かれますが 　いらっしゃっていただけましょうか？	
Nemorino ネモリーノ		Oh! senza fallo[269]. おお！　間違いなく。
Giannetta e Coro ジャンネッタとコーラス	E ballerete? 踊っていただけません？	
Giannetta ジャンネッタ		Con me. 私と。
Coro コーラス		Con me. 私と。
Giannetta ジャンネッタ	Io son la prima. 私が最初よ。	
Coro コーラス		Son io, son io. 私よ、私よ。

---

(267) credea = credevo で、この直・半の古い活用形はリブレット内の各所に見られる。
(268) vago は、ここでは詩語・文語で「美しい」、「魅力的な」。
(269) fallo は「間違い」、「失策」で senza fallo は「間違いなく」。

Giannetta ジャンネッタ	Io l'ho impegnato[270].	
	私が先に予約をしましたからね。	
Coro コーラス	Anch'io, anch'io.	
	私も、私もよ	
Giannetta e Coro ジャンネッタとコーラス	*(strappandoselo l'una dall'altra.)* Venite.	
	（彼を奪い合いながら）	
	いらっしゃってください	
Nemorino ネモリーノ	Piano.	
	静かに	
Coro コーラス	Scegliete.	
	お選びください	
Nemorino ネモリーノ	Adesso.	
	Te per la prima; *(a Giannetta.)* poi te, poi te.	
	(alle altre.)	
	今すぐ	
	君が最初で（ジャンネッタに）　それから君、それから君だ	
	（ほかの女の子たちに）	
Dulcamara ドゥルカマーラ	Misericordia[271]! con tutto il sesso! Un danzatore—egual non v'è.[272]	
	神様！　女性全員がお相手とは！	
	こんな踊り手は　2人といない。	
Adina アディーナ	*(avanzandosi.)* Ehi, Nemorino.	
	（前に進み出ながら）	
	ちょっと、ネモリーノ。	
Nemorino ネモリーノ	(Oh! ciclo! anch'essa!)	
	（おお！　どうしよう！　彼女もだ！）	
Dulcamara ドゥルカマーラ	(Ma tutte, tutte!)	
	（女全部、全部だ！）	

(270) impegnare はここでは「約束する、予約する」の意味で、lo「彼を」とネモリーノが目的語になる。
(271) misericordia「慈悲」は驚きなどの感嘆詞として「おやまあ！」。
(272) Spart. では、この行は次のようになる。
　　Liquor eguale del mio non v'è.
　　私のものに匹敵するリキュールは存在しない。

Adina アディーナ	A me t'appressa⁽²⁷³⁾. Belcor m'ha detto, che, lusingato⁽²⁷⁴⁾ Da pochi scudi, ti fai soldato.	

　　　　　　　　貴方、ちょっと私の方に来て、
　　　ベルコーレの話では、僅かのお金に目がくらんで
　　　あんたは兵隊になるのね。

Coro コーラス	Soldato! oh! diamine⁽²⁷⁵⁾! 　　兵隊に！　おお！　大変だ！
Adina アディーナ	Tu fai gran fallo. Su tale oggetto⁽²⁷⁶⁾ parlar ti vo'.

　　　　　　　　あんたは大馬鹿なことをしたわ
　　　そのことであんたに話したいの。

Nemorino ネモリーノ	Parlate, io v'odo.⁽²⁷⁷⁾ *(Mentre vuol por mente ad Adina, odesi la musica del ballo; accorrono i Paesani.* *Giannetta e le Donne strascinano Nemorino.)*

　　　話してください　ボクは聞いています
　　　（アディーナに心を打ち明けようとしたとき、ダンス音楽が聞こえる。村人たちは
　　　　　　走って行く。ジャンネッタと女たちはネモリーノを引っ張って行く）

Giannetta e Coro ジャンネッタとコーラス	Il ballo, il ballo!...⁽²⁷⁸⁾ 　　ダンスよ、ダンスよ！…
Nemorino ネモリーノ	È vero, è vero. *(al Coro.)* Or or verrò. 　本当だ　本当だ　（コーラスに）今すぐ行くよ

---

(273) t'appressa は、再帰動詞 appressarsi「近づく」の命・現・2単「近寄りなさいよ」。
(274) lusingare は「｛甘い言葉などで｝喜ばす」や「媚びる」の意味でここでは「魅せられて」、「惹かれて」の意味。
(275) diamine は驚き・不満を表す間投詞で「とんでもないことだ」、「大変だ」。
(276) oggetto は「目的」「対象」などのほかに「話題、題目」の意味があり、su .... ｛…｝について」の意味。
(277) Spart. では、この行は Parlate、pure. どうかお話しください。
(278) Spart. では、Al ballo, al ballo！　で意味には大きな変化なし。

(ad Adina.)

(Io già m'imagino che cosa brami,[279]
　Già senti il farmaco, di cor già m'ami,
　Le smanie e i palpiti di core amante
　Un solo istante—hai da[280] provar.)

（アディーナに）

（ボクにはもう察しが付いている　君がなにに焦がれているか
　もう薬が効いているんだ　心からボクを愛しているんだ
　恋する心の苦しさとときめきを
　ほんの一瞬でも　君は味わうべきだ）

Adina　(Oh! come rapido fu il cambiamento!
アディーナ　　Dispetto insolito in cor ne sento.
　　　　　O amor, ti vendichi[281] di mia freddezza;
　　　　　Chi mi disprezza—mi è forza amar.[282])

　　　　（まあ。なんと急に変わったものだろう！
　　　　　いつもと違った苛立ちを心に感じるわ
　　　　　おお、愛よ、お前は私の冷たい｛仕打ち｝の仇を討つのね
　　　　　私を軽蔑する者　愛するように強いるのね）

Dulcamara　(Sì, tutte l'amano, oh! maraviglia!
ドゥルカマーラ　Cara, mirabile la mia bottiglia!
　　　　　Già mille piovono zecchin di peso:
　　　　　Comincio un Creso[283]—a diventar.)

　　　　（そうだ、みんな彼を愛している　おお！驚きだ！
　　　　　愛しい、驚くべき私の瓶よ！
　　　　　もう、ゼッキーノ金貨が千枚もドスンと降ってくるぞ
　　　　　わしはにわか成金に　なり始めている）

---

(279) Spart. では、この行の次に以下が入っている。
　　Nemorino : (al coro) È vero, è vero.　　（コーラスに）本当だ、本当だ。
　　　　　　 : (ad Adina) Or or v'udrò　（アディーナに）今　今　貴女の言うことを聞きますよ
　　Adina　　: (lo trattiene.) M'ascolta.　（彼を引き止め）私の言うことをお聞き。
　　Nemorino : V' udrò.　　　　　　　　貴女のおっしゃることを聞きますよ。
　　　　　　　(S'appressa sul davanti della scena.)　（舞台の前面に近づく）
(280) avere da + 不定詞は「…すべきである」。
(281) vendicarsi di ...「…の仇を討つ」
(282) è forza a ... + 動詞不定形は「(…に) …を強いる」。「しなければならない」。
(283) 紀元前6世紀の小アジアのリディア王国の王でその巨万の富で有名だった。現代語では、「にわか成金」の意味。

Giannetta e Coro ジャンネッタとコーラス	(Di tutti gli uomini del suo villaggio 　Costei s'imagina aver l'omaggio[284]: 　Ma questo giovane sarà, lo giuro, 　Un osso duro[285]—da rosicchiar.) 　　　　　　　*(Nemorino parte con Giannetta e col Coro.)*

　　(彼女は　村中の男たちから
　　　絶対的な尊敬を得ていると信じているのよ。
　　　でも、この若者は、誓って申し上げますが、
　　　齧_{かじ}るには　ちょっと手ごわいですよ)
　　　　　　　　　　(ネモリーノはジャンネッタとコーラスと立ち去る)

Scena settima　第7場

〈Recitativo e Duetto　レチタティーヴォとドゥエット〉

> ***Adina e Dulcamara.***
> **アディーナとドゥルカマーラ**

Adina アディーナ	Come sen va[286] contento! 　なんと満足気に行ってしまったのだろう！
Dulcamara ドゥルカマーラ	La lode è mia. 　褒められるのは私だ。
Adina アディーナ	Vostra, o Dottor? 　　　　　　貴方ですって？　ドクター

---

(284) omaggio は現代語では「付録、土産」だが、ここでは「敬意」。
(285) osso duro は直訳すると「硬い骨」だが、ここでは「手ごわい相手」。
(286) sen va = se ne va で andarsene「立ち去る」、「行ってしまう」の直・現・3単。

Dulcamara ドゥルカマーラ	Sì, tutta. La gioia è al mio comando[287], Io distillo il piacer, l'amor lambicco[288], Come l'acqua di rose[289]; e ciò che adesso Vi fa maravigliar nel giovinotto, Tutto portento egli è del mio decotto[290]. 　　　　　さよう、すべては。 　喜びはわたし次第です 　私は　喜びを蒸留し　愛を抽出します 　ちょうど、バラの化粧水のようにです。今あの若者の中で 　貴女をビックリさせているものは 　すべて私の煎じ薬の奇跡なのです。
Adina アディーナ	Pazzie! 　狂気の沙汰よ！
Dulcamara ドゥルカマーラ	Pazzie, voi dite? Incredula! pazzie! Sapete voi Dell'Alchimia[291] il poter, il gran valore Dell'Elisir d'amore Della regina Isotta? 　　貴女、狂気の沙汰とおっしゃいましたね？ 　信じないのですね！　狂気の沙汰ですと！　ご存知ですね？ 　錬金術の力を、偉大な価値を 　イゾッタ女王の 　愛の妙薬の。
Adina アディーナ	Isotta! 　イゾッタ！
Dulcamara ドゥルカマーラ	Isotta. Io n'ho d'ogni mistura e d'ogni cotta[292]. 　　　イゾッタですよ 　私はあらゆる調合の分量も　あらゆる煮方も知っています

---

(287) essere al mio comando は「私の命令次第である」、「私の思うとおりである」。
(288) distillare も lambiccare も「蒸留する」だが、後者は alambicco「釜や渦巻き状の管のついた蒸留装置」で蒸留すること。
(289) l'acqua di rose はバラの香りのする一種の化粧水。
(290) decotto は「煎じ薬」。
(291) alchimia は「錬金術」。
(292) cotta は「煎じること」、つまりここでは「煎じ方」、「煮方」の意味。

Adina アディーナ	(Che ascolto?) E a Nemorino Voi deste l'Elisir? （なんという話だろう？）　それでネモリーノに 妙薬を与えたのですか？	
Dulcamara ドゥルカマーラ	Ei me lo chiese Per ottener l'affetto Di non so qual crudele... 　　　　　彼が私に頼んだのです 愛情を手に入れるために 誰だか知りませんがむごい女の…	
Adina アディーナ	Ei dunque amava? 彼はそれでは愛していたのかしら？	
Dulcamara ドゥルカマーラ	Languiva[293], sospirava Senz'ombra di speranza; e, per avere Una goccia del farmaco incantato, Vendè la libertà, si fe'[294] soldato. 身もやつれ、溜め息ばかりついて 希望のかけらすらもなく　魔法の薬の 一滴を手にするため 自由を売って　兵隊になったのです。	
Adina アディーナ	(Quanto amore! ed io, spietata! 　Tormentai sì nobil cor!) （なんという大きな愛情だわ！　それにひきかえ無慈悲な私！ 　こんなに高貴な心を苦しめたとは！）	
Dulcamara ドゥルカマーラ	(Essa pure è innamorata: 　Ha bisogno del liquor.) （彼女も惚れているな 　彼女もリキュールが必要だ）	
Adina アディーナ	Dunque... adesso... è Nemorino 　In amor sì fortunato!... それで…いま…ネモリーノは 　恋愛運に非常についているのね！…	

---

(293) languire は自動詞で「萎れる、衰弱する、やつれる」などの意味。
(294) fe' は fare の直・遠・3 単 fece の古形。また、farsi soldato は「兵隊になる」の意味。

Dulcamara ドゥルカマーラ	Tutto il sesso femminino[295] È pel giovine impazzato.	

女性はみんな
あの若者に夢中です

Adina アディーナ	E qual donna è a lui gradita? Qual fra tante è preferita?	

彼はどの女が好きなのです？
大勢の中でどの女性が好みです？

Dulcamara ドゥルカマーラ	Egli è il gallo della Checca[296], Tutte segue, tutte becca.	

彼は鶏舎の中の雄鶏だ
雌を全部追い回し、くちばしで突っついているのです。

Adina アディーナ	(Ed io sola, sconsigliata, Possedea quel nobil cor!)	

（私だけが、馬鹿だったわ、
あの高貴な心を独り占めにしていたのに！）

Dulcamara ドゥルカマーラ	(Essa pure è innamorata: Ha bisogno del liquor.) Bella Adina! qua un momento... Più d'appresso[297]... su la testa. Tu sei cotta... io l'argomento[298] A quell'aria afflitta e mesta[299]. Se tu vuoi?...	

（彼女も惚れている
リキュールが必要だ）
美しいアディーナさん！　こちらにちょっと…
もっと近くに…頭を上げて
貴女は熱がある…私は推論する
そのような苦しみ悲しむ様子では。
もしや、お望みなら？…

Adina アディーナ	S'io vo'? che cosa?	

望むって？　なにをです？

(295) femminino は詩語の形容詞「女性の」で sesso femminino で「女性」。
(296) checca は方言で「男色、男性同性愛者」を意味するが、ここでは次の行の beccare「くちばしで突っつく」と韻を踏むため「雌鶏だけの鶏舎」の意味で使用したと思われる。
(297) appresso は「近くに」。
(298) argomento は動詞 argomentare「論述する・結論する」の直・現・1単で名詞 argomento と混同しないこと。語頭の lo は（＝それを）。
(299) mesto は「悲しげな」、「沈み込んだ」。

Dulcamara ドゥルカマーラ	Su la testa, o schizzinosa! Se tu vuoi, ci ho la ricetta, Che il tuo mal(300) guarir potrà. 頭を上げて　おお、気難しいお方だ！ 　もしお望みなら　処方を持っておりますよ 　貴女の病を回復させる｛処方を｝。
Adina アディーナ	Ah! Dottor, sarà perfetta, Ma per me virtù non ha. ああ！　ドクター…　多分完璧なお薬でしょう、 　でも、私には効力はありません
Dulcamara ドゥルカマーラ	Vuoi vederti mille amanti Spasimar, languire al piede? 貴女は見たくないのですか　千人の愛人が 　貴女の足下で恋い焦がれ身もだえするのを？
Adina アディーナ	Non saprei che far di tanti: Il mio core un sol ne chiede. 私はそんなに大勢をどうしてよいか知りません 　私の心が求めるのはただ１人。
Dulcamara ドゥルカマーラ	Render(301) vuoi gelose, pazze Donne, vedove, ragazze? 貴女は　嫉妬に燃え　狂人のようにさせたくないのですか 　女たち、後家さんたち、娘たちを。
Adina アディーナ	Non mi alletta(302), non mi piace, Di turbar altrui(303) la pace. 私は惹かれませんし　好きでもありません 　ほかの方の平和を乱すようなことは。
Dulcamara ドゥルカマーラ	Conquistar vorresti un ricco? お金持ちを征服したくは？
Adina アディーナ	Di ricchezze io non mi picco.(304) 富には全然興味がありません。

---

(300) mal(e) は男性名詞で、ここでは「病」、「病気」。
(301) rendere は、ここでは「…にさせる」、「…にしてしまう」。
(302) allettare は「誘う、そそのかす、惹き付ける」の意味。
(303) altrui は所有形容詞「ほかの人の」。
(304) piccarsi di ... は「…に執着する」。

Dulcamara ドゥルカマーラ	Un Contino? un Marchesino[305]?	
	子爵の令息は？　侯爵の令息は？	
Adina アディーナ	Io non vo' che Nemorino.[306]	
	私にはネモリーノだけでいいんです。	
Dulcamara ドゥルカマーラ	Prendi su la mia ricetta, Che l'effetto ti farà.	
	私の処方を受けなさい 効果をもたらすから。	
Adina アディーナ	Ah! Dottor, sarà perfetta, Ma per me virtù non ha.	
	ああ！ドクター　多分貴方の｛処方｝は完璧でしょう でも、私には効果がありません。	
Dulcamara ドゥルカマーラ	Sconsigliata! e avresti ardire[307] Di negare il suo valore?	
	無思慮な女性だ！　どうして夢中になって 薬効を否定するのかな？	
Adina アディーナ	Io rispetto l'Elisire, Ma per me ve n'ha un maggiore: Nemorin, lasciata ogni altra, Tutto mio, sol mio sarà.	
	妙薬を尊敬しますわ でも、私にはもっと効くものがあるのです。 ネモリーノです　彼がほかの女を全部捨てて すべて私のもの、私だけのものになれば。	
Dulcamara ドゥルカマーラ	(Ahi! Dottore! è troppo scaltra: Più di te costei ne sa.)	
	（おお！ドクターよ！　彼女は利口過ぎる 彼女はお前の上手を行く）	

---

(305) contino や marchesino は小さい、かわいい」などを意味する接尾語 –ino を付したものだが、ここでは「伯爵令息」、「侯爵令息」。

(306) Spart. では、この行は No, non vo' che Nemorino になっている。vo' は voglio の省略形。Non ... che ...「che 以下を除いては…でない」の意味。

(307) Spart. では、ardire の代わりに core(=cuore) になっている。Avresti core di ...「の心（勇気）を持っているらしい」で意味はほとんど変わらない。

Adina アディーナ	Una tenera occhiatina,
	Un sorriso, una carezza,
	Vincer può chi più si ostina[308],
	Ammollir chi più ci sprezza.

    優しい目配せ、
      たった一つの微笑み、優しい愛撫は
      一番頑なものにも勝ちますし、
      一番軽蔑するものをも軟化させるのです。

Ne ho veduti tanti e tanti
Presi, cotti, spasimanti,
Che nemmanco[309] Nemorino
Non potrà da me fuggir.

    私はこれまで大勢の大勢の男たちを見てきました
    恋にとりつかれ、夢中になり、恋い焦がれた男たちを。
    ネモリーノだって
    私から逃げられないでしょうよ。

Adina アディーナ	La ricetta è il mio visino,
	In quest'occhi è l'elisir.

    私の処方はわたしのかわいい顔です
      この両目の中には妙薬が入っています。

---

(308) ostinarsi「意地を張る」、「依怙地になる」
(309) nemmanco は neanche の古い形で「もまた…でない」。

Dulcamara ドゥルカマーラ	Sì, lo vedo, o bricconcella, 　Ne sai più dell'arte mia: 　Questa bocca così bella 　È d'amor la spezieria; 　Hai lambicco ed hai fornello 　Caldo più di un Mongibello(310), 　Per filtrar l'amor che vuoi, 　Per bruciare e incenerir. Ah! vorrei cambiar coi tuoi 　I miei vasi d'Elisir.

(partono.)

　　さよう、分かります。おお　いたずら娘さん
　　　君は私の術より遥かに知っている
　　　このこんなにかわいいお口は
　　　愛の薬草店だ。
　　　君は蒸留器も、かまども持っている
　　　それはエトナ火山より熱く
　　　君が望む恋を濾過したり
　　　焼いたり灰にしたりする。
　　ああ！　できれば君のと交換したいものだ
　　　私の妙薬の壺と。

〔彼らは出ていく〕

---

(310) Mongibello はエトナ火山の昔の呼び名。mons + gebel の合成語で共にラテン語とアラブ語の山を表し、古代世界ではイタリアおよびアラブ世界で一番有名な火山であったことを意味する。

Scena ottava　第8場

〈Romanza　ロマンツァ〉

> *Nemorino.*
> ネモリーノ

Nemorino
ネモリーノ

Una furtiva[311] lagrima[312]
Negli occhi suoi spuntò[313]...
Quelle festose giovani
Invidiar sembrò...
Che più cercando io vo'?
M'ama, lo vedo.

ひとしずくの涙がそっと
彼女の両目に浮かんだ…
あの陽気に騒ぐ若い娘たちを
羨んでいるように見える…
ボクはなにをこれ以上求めているのだろう？
彼女はボクを愛しているのがわかる。

Un solo istante i palpiti
Del suo bel cor sentir!...
Co' suoi sospir confondere[314]
Per poco i miei sospir!...

ただ、一瞬であれ、彼女の美しい心の
鼓動が感じられれば！…
彼女の溜め息とボクの溜め息が
ほんの少しの間でも交じり合うなら！…

Cielo, si può morir;
Di più non chiedo.

神よ、もう死んでもよい、
これ以上ボクは望まない。

〈Recitativo, Aria e Duetto　レチタティーヴォ、アリアとドゥエット〉

---

(311) furtivo は形容詞で「人目を避けるような」、「こっそり（とした）」の意味。
(312) lagrima は lacrima「涙」の詩（古）形。
(313) spuntare は自動詞で「ちょっと覗かせる、ほんの少し見せる」。
(314) この行と次の行は Spart. では次のようだが、意味はほとんど同じ。
　　 i miei sospiri confondere　ボクの溜め息はほんの瞬間でも
　　 per poco a' suoi sospiri　　彼女の溜め息と混じり合うならば。

Eccola... Oh! qual le accresce[315]
Beltà l'amor nascente!
A far l'indifferente[316]
Si seguiti[317] così, finché non viene
Ella a spiegarsi[318].

あっ彼女だ…おお！　なんと彼女を
いっそう美しくしたのだろう　生まれくる愛が！
彼女に無関心な振りを
今のまま続けるのだ、彼女がやって来て
自分の心を打ち明けるまで。

Scena nona　　第9場

Adina e Nemorino.
アディーナとネモリーノ

Adina
アディーナ
　　　　Nemorino!... ebbene?
　　　　ネモリーノ！…どうしてる？

Nemorino
ネモリーノ
Non so più dove io sia: giovani e vecchie,
Belle e brutte mi voglion per marito.

　ボクは自分がどこにいるのかわからないんだ　若い娘も年寄りも
　綺麗な子も醜い子も　みんなボクと結婚したがっている。

Adina
アディーナ
E tu?
それで貴方は？

Nemorino
ネモリーノ
　A verun[319] partito
Appigliarmi non posso: attendo ancora...
La mia felicità... (che è pur vicina.)

　どの申し込みにも
　縋(すが)ることができないんだ　まだ待っているんだよ…
　ボクの幸福を…（すぐ側にいるのに）

---

(315) この行と次の行は、quale le accresce beltà l' amor nascente = quanto l' amore nascente accresce la sua (le = a lei sua) beltà =「生まれ来る愛はなんと彼女の美しさを増したことか！」
(316) fare l'indifferente は「無関心を装う」。
(317) si seguiti は seguitarsi a ＋不定詞で「…をし続ける」の命・現・3単で非人称的用法。
(318) spiegarsi は「自分の考えを説明する」だが、ここでは「自分の心を打ち明ける」。
(319) veruno は否定の不定形容詞で「どの…も…でない」。partito は「結婚申し込み」、「（特に有利な）結婚相手」のこと。

Adina アディーナ	Odimi. ちょっとお聞きなさい	
Nemorino ネモリーノ	*(allegro.)* 　　　(Ah! ah! ci siamo.(320)) Io v'odo, Adina. （元気よく） 　　　（そら、そら、来たぞ）ボクは聞いているよ、アディーナ	
Adina アディーナ	Dimmi(321): perché partire, Perché farti soldato hai risoluto? 言ってちょうだい、なぜ出発するの？ なぜ、兵隊になる決心をしたの？	
Nemorino ネモリーノ	Perché?... perché ho voluto Tentar se con tal mezzo il mio destino Io potea(322) migliorar. なぜだって？…だって、ボクは試してみたかったんだよ あの方法で自分の運命を 良い方に変えられるかどうか。	
Adina アディーナ	La tua persona... La tua vita ci è cara... Io ricomprai Il fatale contratto da Belcore. 　　　　　　　　貴方の身も… 貴方の命も私たちには大切なのよ…私が買い戻してきたわ ベルコーレからあの運命を握る契約書を。	
Nemorino ネモリーノ	Voi stessa!!... (È naturale: opra è d'amore.) 貴女が自分で！…（当然かもしれない　恋のなせる技だ）	
Adina アディーナ	Prendi: per me sei libero: 　　　　Resta nel suol natio; 　　　　Non v'ha destin sì rio, 　　　Che non si cangi(323) un dì. *(gli porge il contratto.)* 　　受け取りなさい　私のおかげで貴方は自由よ 　　　　残りなさい　生まれたこの地に。 　　　　そんな悪い運命はありませんよ 　　　　いつの日か変わるような{運命ほど}。(彼に契約書を差し出す)	

(320) Ci siamo！は、ある結論、重要な点に差し掛ろうとするときに使う表現で「ほらもうすぐだ！」とか「さあ来るぞ（起こるぞ）！」の意味。
(321) dimmi = は dire「言う」の命・現・2単 di' + mi で「私に言いなさい」。
(322) potea = potevo でこの用法はこれまでも何回もでてきた。
(323) cangi = cambi で、cangiare は cambiare の詩語。che の次の non は訳さないで「変わるような」とした方が分かりやすい。

	Qui, dove tutti t'amano,
	Saggio, amoroso, onesto,
	Sempre scontento e mesto
	No, non sarai così.

　　　ここでは　みんなが貴方を愛しています
　　　　賢明で、愛らしく、正直なあなたを。
　　　　いつも不満で、悲しそうな貴方には
　　　　もう二度とならないでしょうよ。

Nemorino (Or, or si spiega.)
ネモリーノ
　　　（そら、とうとう心を開くぞ）

Adina Addio.
アディーナ
　　　　さようなら

Nemorino Che! mi lasciate?
ネモリーノ
　　　なんだ！　ボクを残して行くんですか？

Adina Io... sì.
アディーナ
　　　　私…　そうよ

Nemorino Null'altro[324] a dirmi avete?
ネモリーノ
　　　ほかになんにもありませんか　ボクに言うことは？

Adina Null'altro.
アディーナ
　　　なんにも

Nemorino Ebben, tenete.
ネモリーノ
　　　　　　　　　　　　　　　　　　(le rende il contratto.)

　　　Poiché non sono amato,
　　　Voglio morir soldato;
　　　Non v'ha per me più pace,
　　　Se m'ingannò il Dottor.

　　　　それじゃあ、取ってください
　　　　　　　　　　　　　　　（契約書を返す）

　　　ボクは｛君に｝愛されていないなら
　　　　兵隊に行って死にます
　　　　ボクにとってもはや心の安らぎはありません
　　　　ドクターがボクを騙したのですから。

---

(324) null'altro = nulla + altro で nulla は男性不定代名詞「何もない」、ここでは「ほかに何もない」のこと。

Adina アディーナ		Ah! fu con te verace, 　Se presti fede al cor.

　　ああ！　彼は貴方に真実でした、
　　　貴方が自分の心に忠実であれば。

		Sappilo[(325)] alfine, ah! sappilo, 　Tu mi sei caro, e t'amo;[(326)]

　　それから、このことは知っておいて　ああ！知っておいて
　　　貴方は私の愛しい人、私は貴方を愛しています。

		Quanto ti fei[(327)] già misero, Farti felice or bramo: Il mio rigor dimentica; Ti giuro eterno amor.

　　私は以前は貴方をどんなにか惨めにしましたが
　　　今は貴方を幸福にしたくてたまらないの。
　　　私のむごさは忘れてね、
　　　貴方に永遠の愛を誓います。

Nemorino ネモリーノ		Oh! gioia inesprimibile! 　Non m'ingannò il Dottor. 　　　　　　*(Nemorino si getta ai piedi di Adina.)*

　　おお！言い表すこともできないほど嬉しいぞ！
　　　ドクターはぼくを騙さなかったのだ。
　　　　　　〔ネモリーノはアディーナの足下に身を投げる〕

---

(325) sappilo = sappi（sapere の命・現・2単）＋ lo で「それを知れ」。
(326) Spart. では、この次に次のような短いフレーズ4行が入る。
　　Adina : Tu mi sei caro...　　貴方は私の愛しい人…
　　Nemorino : Io !...　　　　　　ボクが！
　　Adina : E t' amo.　　　　　　貴方を愛しているわ。
　　Nemorino : Tu m' ami? Sì ?　君がボクを愛しているって？　本当？
(327) fei = feci（fare の直・遠・1単過去）「私がした」

Scena ultima　最終場

〈Finale II フィナーレ II〉

Belcore con Soldati e detti, indi Dulcamara con tutto il villaggio.
兵士を連れた**ベルコーレ**、前述の人々、あとで**ドゥルカマーラ**
と村中のひと

Belcore
ベルコーレ
Alto!... fronte!...—Che vedo? al mio rivale
L'armi presento!(328)

止まれ！…前を向いて！…なんとまあ？
おれの恋敵（がたき）に捧げ筒か！

Adina
アディーナ
　　　　　　　　　Ella(329) è così, Belcore;
E convien darsi pace(330) ad ogni patto.
Egli è mio sposo: quel che è fatto...(331)

　　　　　　　事態はこうなのよ、ベルコーレさん
あらゆる約束には諦めが必要なのよ
彼が私の夫です、何事もなってしまったことは…

Belcore
ベルコーレ
　　　　　　　　　　　　　　　È fatto.
Tientelo pur, briccona.
Peggio per te.(332) Pieno di donne è il mondo;
E mille e mille ne otterrà Belcore.

　　　　　　　　　　　　…仕方がないですな。
どうぞ、彼をおとりください　いたずら娘さん
ひどい目に遭ってもお前の勝手さ　この世は女で一杯なんだ
千人も千人も手に入れますぞ　ベルコーレは。

Dulcamara
ドゥルカマーラ
Ve le darà questo elisir d'amore.

この愛の妙薬は君に｛たくさんの女性を｝与えるぜ

Nemorino
ネモリーノ
Caro Dottor, felice
Io son per voi.

親愛なるドクター
ボクはあなたのおかげで幸福です

---

(328) presentare le armi は軍隊の挨拶の一つで「捧げ筒をする」こと。
(329) Ella は「彼女」ではなく、ここでは状態を表す代名詞「それは」。
(330) darsi pace a ... は「…を諦める」。
(331) Quel che è fatto è fatto. 諺「されてしまったことはそれまでだ」、「覆水盆に返らず」のような意味。ここでは、諺の前半をアディーナが言い、最後をベルコーレが結んでいる。
(332) Peggio per te. 慣用句で「あとでひどい目に遭うのはお前だぞ」。

Tutti 一同		Per lui!! 彼のおかげだ！
Dulcamara ドゥルカマーラ		Per me.—Sappiate, Che Nemorino è divenuto a un tratto⁽³³³⁾ Il più ricco castaldo⁽³³⁴⁾ del villaggio... Poiché morto è lo zio... 私のおかげですよ。皆さんご承知ください ネモリーノは出し抜けになりました 村一番のお金持ちの地主に… それも死んだからです　伯父さんが…
Adina e Nemorino アディーナとネモリーノ		Morto lo zio! 死んだって、伯父さんが！
Giannetta e Donne ジャンネッタと女たち	Io lo sapeva... 私はそれを知っていましたよ…	
Dulcamara ドゥルカマーラ		Lo sapeva anch'io. Ma quel che non sapete, Né potreste saper, egli è che⁽³³⁵⁾ questo Sovrumano elisir può in un momento, Non solo rimediare al mal d'amore,⁽³³⁶⁾ Ma arricchir gli spiantati⁽³³⁷⁾. 私もそれを知っていた。 だが、みんなが知らないのは 信じることができないだろうが この人知を超えた妙薬は一瞬にして 恋の病を治すばかりか 一文無しをお金持ちにできることだ。
Coro コーラス		Oh! il gran liquore! おお！偉大なるリキュールよ！

---

(333) a un tratto は「突然」「出し抜けに」。
(334) castaldo は、ここでは「農園主」の意味。
(335) egli è che …の構文は非人称的強調構文だが、ここでは無理に訳出する必要はない。訳せば「いいですか」ぐらいになる。
(336) mal(e) d'amore は「恋の病」。
(337) spiantato は「落ちぶれた人」「貧乏になった人」。

Dulcamara ドゥルカマーラ	Ei corregge ogni difetto, 　Ogni vizio di natura. Ei fornisce di belletto[338] La più brutta creatura: Camminar ei fa le rozze, Schiaccia gobbe, appiana bozze, Ogni incomodo tumore 　Copre[339] sì, che più non è.
	この薬は生まれつきのあらゆる欠陥も 　あらゆる悪癖も正してくれます 　一番醜い生き物｛女性｝を 　化粧クリームで美しくし 　よぼよぼの牝馬をちゃんと歩かせ 　背中の瘤をペチャンコにし　疣を平らにし 　あらゆる邪魔な潰瘍を 　これ以上ないというふうにうまく覆い隠してくれます。
Coro コーラス	Qua, Dottore... a me Dottore... Un vasetto... due... tre.
	こっちに、ドクター　私に、ドクター 　一瓶を　二瓶だ、三瓶だ…

---

(338) belletto は古い言葉で「化粧品」「化粧クリーム」。
(339) coprire は「隠す」「覆う」だが、ここでは「表面上は治ったように見せる」のこと。

Dulcamara ドゥルカマーラ		Egli è un'offa[340] seducente Pei guardiani scrupolosi; È un sonnifero eccellente Per le vecchie e pei gelosi; Dà coraggio alle figliuole Che han paura a dormir sole; Svegliarino[341] è per l'amore Più potente del caffè.

  これは魅惑的な鼻薬 ｛＝わいろ｝ ですぞ
   非常に用心深い監視人にたいしては。
   老婆や嫉妬深い男にたいしては
   素晴らしい睡眠薬です。
   独り寝を怖がる
   娘御に勇気を与えます。
   恋愛にはコーヒーよりずっと強い
   覚醒剤でもあります。

Coro コーラス		Qua, Dottore... a me, Dottore... Un vasetto... due... tre. *(In questo mentre è giunta in iscena la carrozza di Dulcamara.* *Egli vi sale: tutti lo circondano.)*

  こっちに。ドクター　私に、ドクター
   一瓶を　二瓶だ　三瓶だ
    (その間にドゥルカマーラの馬車が舞台に着き、彼はそれに乗り、
     みんなは彼を取り巻く)

---

(340) offa「｛わいろの意味での｝鼻薬」
(341) svegliarino は「昔の懐中時計の目覚まし装置」のほかに「刺激薬」「促進策」などの意味もあり、ここでは「覚醒剤」の意味。

Dulcamara ドゥルカマーラ	Prediletti dalle stelle, Io vi lascio un gran tesoro: Tutto è in lui; salute e belle, Allegria, fortuna ed oro. Rinverdite, rifiorite, Impinguate[342] ed arricchite: Dell'amico Dulcamara Ei vi faccia ricordar.
	良き星に好かれた人々よ 私は皆さんに大きな宝を残して参ります すべてはその中にあります。つまり、健康、美人 快活さ、幸運とお金です。 皆さん、若返って再び花を咲かせ 豊かになり、お金持ちになってください。 それは思い出させてくれるでしょう 友人のドゥルカマーラを。
Coro コーラス	Viva il grande Dulcamara, Dei dottori la fenice[343].
	ばんざい、偉大なドゥルカマーラさん、 医者たちの中でも稀なる大人物。
Nemorino ネモリーノ	Io li[344] debbo la mia cara.
	私の愛する人は、ドクターのお蔭です
Adina アディーナ	Per lui solo io son felice!
	ただ彼のおかげで、私は幸福よ！
Adina e Nemorino アディーナとネモリーノ	Del suo farmaco l'effetto Non potrò giammai scordar.
	彼の薬の効果は 私は決して決して忘れません

---

(342) impinguare と次の arricchire は、共に自動詞で「金持ちになる」。
(343) Fenice は伝説の「不死鳥フェニックス」のことだが、「(ある分野の) 卓越した人物」を意味することもある。
(344) li は gli が正しい。つまり、dovere a ...「(後ろに来る名詞については) …のおかげである」の構文であるため、Io gli debbo la mia cara. は「私は私の愛しい彼女を彼に負っているのです」つまり「彼のおかげで私は愛しい彼女を手に入れたのです」になる。

Belcore ベルコーレ	Ciarlatano⁽³⁴⁵⁾ maladetto, Che tu possa ribaltar!⁽³⁴⁶⁾⁽³⁴⁷⁾

(Il servo di Dulcamara suona la tromba. La carrozza si move.
Tutti scuotono i loro cappelli e lo salutano.)

　　　　いまいましい、ほら吹き大道商人めが
　　　　お前なんかどうにかなってしまえ！
　　　　　（ドゥルカマーラの召使いがラッパを吹く、馬車が動き始める。
　　　　　　　　みんなは帽子を振って彼に挨拶をおくる）

Coro コーラス	Viva⁽³⁴⁸⁾ il grande Dulcamara, La fenice dei dottori! Con salute, con tesori Possa presto a noi tornar!

　　　　万歳、偉大なるドゥルカマーラさん、
　　　　　ドクターたちの中でも稀なる大人物！
　　　　　健康と宝物を持って
　　　　　私たちのところに早く帰ってきなさるように！

---

(345) ciarlatano は「大道商人」、「いかさま師」。
(346) che tu possa ribaltar(e)！は、ここではドゥルカマーラの馬車にかけて ribaltare「ひっくり返す」の語が使われているが、こうした表現は「どうにでもなってしまえ！」の意味。
(347) Spart. では、この後は、次のフレーズで幕になる。
　　Dulcamara : Amici, addio !　　　　　　　　ドゥルカマーラ：友人諸君、さようなら
　　Tutti : Possa presto a noi tornar !　　　一同：早く帰ってきてくださいね！
　　　　　　Addio! Addio!　　　　　　　　　　　　　　さようなら、さようなら！
(348) viva は「(歓声の) 万歳」。

あとがき

ドニゼッティの生涯

　ガエターノ・ドニゼッティ（Gaetano Dinizetti）については、いろいろ書かれたものが多いのでここでは簡単に触れるだけに留める。ドニゼッティは、1797年11月29日、北伊ベルガモ市の近郊で、織物職工を両親に生まれた。だが、1806年、ドイツ生まれの作曲家でベルガモ大聖堂の楽長であったシモン・マイールが始めた「慈善レッスン」という名の授業料無料の音楽学校に入ったのが音楽人生を始めるきっかけとなった。マイールに師事し作曲法と歌唱法などを学んだ後、1815年から2年間ベルガモ市のカトリック系奨学金によりボローニャ音楽院で学んだ。その後、幼なじみのメレッリの台本による《ブルゴーニュのエンリーコ》（1818年、ヴェネツィアのサン・ルーカ劇場初演）でオペラ作曲家としてデビューし、1822年以来、ローマ、ナポリ、ミラノの劇場のためにオペラを書き続け、1827年には当時でもっとも有名なオペラ興行師のドメニコ・バルバージャとサン・カルロ劇場のため3年間に12本のオペラ作曲契約を結んだ。つまり、彼はオペラを手早く書き上げるので有名であったのである。1830年の12月ミラノのカルカーノ劇場での《アンナ・ボレーナ》の大成功、続く1832年5月のミラノのカノッビアーナ劇場における《愛の妙薬》の大成功により、オペラ作曲活動はますます活発になった。ましてや、1835年3月にはイタリアを越えパリで《マリン・ファリエーロ》を上演し、同年9月にはナポリのサン・カルロ劇場で《ランメルモールのルチーア》を上演するにいたって、同年9月のヴィンチェンツォ・ベッリーニの死後、イタリアのみならずヨーロッパを代表するオペラ作曲家の1人になったのである。だが、同年末から翌年にかけて家庭上の不幸が相次ぎ両親、2人の子供、はては夫人まで失った。それにもかかわらず、その後も、《連隊の娘》（1840年2月、パリ初演）、《ラ・ファヴォリータ》（1840年12月、パリ初演）、《シャモニーのリンダ》（1842年5月、ウィーン初演）、《ドン・パスクヮーレ》（1843年1月、パリ初演）ほかの名作を書いたが、すでに以前から罹っていた梅毒が悪化し脳を侵しつつあった。この結果、1846年初めにパリで精神病院に収容されたが健康状態が回復せず、翌年末、思考混濁状態のまま生まれ故郷のベルガモに移送され、1848年4月、意識が回復することなく50歳半ばで短い人生の幕を閉じたのである。

台本作家フェリーチェ・ロマーニ

　フェリーチェ・ロマーニは1788年1月北伊の港湾都市ジェノヴァで生まれた。同地の大学の文学部を卒業した後、一時は大学での学究生活を志したが、ミラノ

で当時の著名な文学者と親交を結んだことから詩作と文学批評の道を選んだ。だが、1813年にオペラ台本を手がけたことがきっかけで、瞬く間に有名にして多作なオペラ台本家の1人となり、ミラノのスカラ座と契約を結ぶ台本作家となった。

《愛の妙薬》以前で特に有名なものとしては、ロッシーニのための《イタリアのトルコ人》(1814年)、パチーニのための《イルミンスルの巫女》(1817年)、ドニゼッティのための《キアーラとセラフィーナ》(1822年)、メルカダンテ作曲の《フランチェスカ・ダ・リミニ》、ヴァッカイのための《ジュリエッタとロメーオ》などが挙げられよう。1827年にはヴィンチェンツォ・ベッリーニのために台本を書き始め7本の新作オペラを書き上げた。その後、ドニゼッティと共作を始めてからは、《アンナ・ボレーナ》(1830年)、《愛の妙薬》(1832年)、《パリジアーナ》(1833年)、《ルクレツィア・ボルジャ》(1833年)などの名作を書き上げている。

1834年に、サボイア王家のカルロ・アルベルト王に『ピエモンテ官報』の編集長に任ぜられ1849年までこの職につき、オペラ台本執筆から遠のいた。晩年は詩作や小説の執筆に従事し1865年に死去。

《愛の妙薬》が出来上がるまでの背景

ドニゼッティの時代のオペラ作曲家は、当時のオペラ・ブームを背負った事情もあって、現在では考えられないほどの多作であった。ドニゼッティも50歳半ばで終えた短い人生で、1818年の最初のオペラ《ブルゴーニュのエンリーコ》から1844年の最後のオペラ《カテリーナ・コルナーロ》まで、26年間に実に69本のオペラを作曲した。年平均2.6本のペースである。特に、脂の乗り切った30歳前後は、前述したようにナポリのインプレザリオ(オペラ興行師)のバルバージャと「3年間に12本のオペラ作曲契約」を結んだほどである。作曲家の多作を支えたものに、優秀なリブレッティスタ(オペラ台本作家)の輩出もある。だが、いくら優秀な彼らとはいえ1から始めたのでは時間がかかる。このため、ヨーロッパ中の劇場やオペラ座で上演され評判をとった作品を絶えず追って、これを基に書くことも多かったのである。

《愛の妙薬》が書かれたときのドニゼッティは、次から次に来るオペラ作曲の注文のため時間に追われていた。このオペラがミラノで上演された1832年の前半は特に忙しかった。まず、1月12日にナポリのサン・カルロ劇場で《ファウスタ》の初演に立ち会った後、3月13日のミラノのスカラ座での《パリの伯爵ウーゴ》の初演のため直ちにミラノに出発した。もちろん、車も汽車もない時代である。途中ローマでの短い滞在の後、ミラノには2月初旬到着したと思われる。だが、ここでも検閲による手直し作業が待ち受けていた。当時のオペラはいずれ

も作曲を終えるとほとんど同時の初演であったから大変だ。しかも、ドニゼッティのミラノ滞在を知ったミラノのカノッビアーナ劇場支配人が、別の作曲家のオペラ作曲が間に合わないとの理由で、5月12日の初演用の新しい「オペラ・ブッファ」の作曲を3月初旬に依頼したのである。彼と連係プレーをとっていた台本作家フェリーチェ・ロマーニは、急いで前年の1831年にフランス人台本作家ユージェーヌ・スクリーブが書いてダニエル・オーベールが作曲した《Le Philtre》(惚れ薬)を基に《愛の妙薬》の台本を書き上げた。台本を手にしたドニゼッティは、ロマーニと意見を交換しながら直ちに作曲に着手したわけだ。

ドニゼッティが4月14日に父親に宛てた手紙には「ロマーニが書き上げたリブレットに手を入れながら来週には練習稽古に入ることができましょう」と書いており、実際に5月11日にゲネプロ(総練習)、翌日の12日には初演であったから、伝説どおり名作《愛の妙薬》はわずか約14日間で書き上げられたらしい。まさに作曲が速いので評判だったドニゼッティにとっても、「最速にして最高の出来のオペラの一つ」であったわけである。

「トリスタンとイゾルデ」と《愛の妙薬》について

このオペラの最初は、アディーナの「トリスタンとイゾルデ」の話に始まる。現在では「トリスタンとイゾルデ」というとすぐリヒャルト・ワーグナーの「楽劇」を思い出すが、ワーグナーの作品は1865年6月10日にミュンヘンのバイエルン宮廷劇場で初演されたので、1832年に初演された《愛の妙薬》の時代にはワーグナーの《トリスタンとイゾルデ》は存在しなかったわけだ。

10世紀の末に、中欧のケルト族の伝説から出たといわれるこの物語は、ヨーロッパではよく知られた物語で、1308年頃書き上げたといわれるダンテの『神曲・地獄編』にも登場する。とはいえ一般の民衆がみな知っているほど知られていたはずはなく、アディーナの知識を示すものとして使われたと思えばよい。

このオペラのお話の部分のチーフ・モティーフは、「愛の妙薬」つまり「惚れ薬」である。イタリア語の elisir (たまにはイタリア語的に語尾を付け elisiro の語もあるが) は、題名の註で説明したようにアラビア語の「哲学の石」から出た言葉である。「哲学の石」とは中世以降、「あらゆる金属を金に変えることができる石」として錬金術師が探し求めていたものである。こうしたことから「アルコール飲料に各種の薬草を混ぜた強壮剤ドリンク」の意味も生まれたわけである。さて、《トリスタンとイゾルデ》に登場する「愛の妙薬」とは、このオペラのテーマになっているような「惚れ薬」ではなく「媚薬」である。マルケ王のもとに嫁ぐイゾルデは、王の甥であるトリスタンに付き添われ彼の船で王のところに急ぐが、2人は激しく愛するようになり不義の運命を断つために死を決心し毒を飲む。ところが毒と思って飲んだ薬は王との結婚の夜に飲むようにと用意された

「媚薬」つまり「催淫薬」であったのである。このため２人は夢うつつのうちに激しい情交を交わし運命はますます複雑になるというものだ。ドニゼッティの《愛の妙薬》は「自分が飲むと恋する相手がひとりでに惚れてくる」というおとぎ話的なロマンスがあるインチキ「惚れ薬」であって、《トリスタンとイゾルデ》に出てくるような愛と死の葛藤を呼び起こす強烈な「媚薬」とは違うことを心に留めていただきたい。

　なお、本書の出版に当たっては、音楽之友社元出版部長の石川勝氏に細かいご注意とご意見をいただき、かつ、綿密な校正をしていただいたことには衷心より感謝を申し上げる次第である。

　2011年３月15日　ローマの自宅にて

坂本鉄男

訳者紹介

坂本鉄男（さかもと・てつお）

1930年神奈川県生まれ。東京外国語大学イタリア科卒業。東京芸術大学講師、東京外国語大学助教授を歴任後、国立ナポリ大学〝オリエンターレ″政治学部教授、2002年同大学を退官後もイタリア在住。日伊文化交流への功績によりイタリア共和国コンメンダトーレ勲章、日本国勲三等瑞宝章受章。
著書に『伊和辞典』（白水社）、『和伊・伊和小辞典』（大学書林）、『イタリア語入門』『現代イタリア文法』（白水社）、『イタリア歴史の旅』（朝日新聞社）、訳書に『オペラ対訳ライブラリー・シリーズ──プッチーニ：トスカ』『同──ヴェルディ：椿姫』『同──ロッシーニ：セビリャの理髪師』『同──ドニゼッティ：ランメルモールのルチーア』（音楽之友社）など多数。

オペラ対訳ライブラリー
ドニゼッティ 愛の妙薬

2011年4月30日　第1刷発行
2024年4月30日　第10刷発行

訳　者　坂本鉄男
発行者　時枝　正

東京都新宿区神楽坂6-30
発行所　株式会社　音楽之友社
電話　03(3235)2111(代)
振替　00170-4-196250
郵便番号　162-8716
http://www.ongakunotomo.co.jp/
本文組版・印刷　星野精版印刷
カバー・表紙印刷　星野精版印刷
製本　ブロケード

Printed In Japan　　　　　　　　　　装丁　柳川貴代
乱丁・落丁本はお取替えいたします。

ISBN978-4-276-35573-6 C1073

この著作物の全部または一部を権利者に無断で複製（コピー）することは、著作権の侵害にあたり、著作権法により罰せられます。

Japanese translation © 2011 by Tetsuo SAKAMOTO

オペラ対訳ライブラリー(既刊)

ワーグナー	《トリスタンとイゾルデ》 高辻知義=訳	35551-4
ビゼー	《カルメン》 安藤元雄=訳	35552-1
モーツァルト	《魔 笛》 荒井秀直=訳	35553-8
R.シュトラウス	《ばらの騎士》 田辺秀樹=訳	35554-5
プッチーニ	《トゥーランドット》 小瀬村幸子=訳	35555-2
ヴェルディ	《リゴレット》 小瀬村幸子=訳	35556-9
ワーグナー	《ニュルンベルクのマイスタージンガー》 高辻知義=訳	35557-6
ベートーヴェン	《フィデリオ》 荒井秀直=訳	35559-0
ヴェルディ	《イル・トロヴァトーレ》 小瀬村幸子=訳	35560-6
ワーグナー	《ニーベルングの指環》(上) 《ラインの黄金》・《ヴァルキューレ》 高辻知義=訳	35561-3
ワーグナー	《ニーベルングの指環》(下) 《ジークフリート》・《神々の黄昏》 高辻知義=訳	35563-7
プッチーニ	《蝶々夫人》 戸口幸策=訳	35564-4
モーツァルト	《ドン・ジョヴァンニ》 小瀬村幸子=訳	35565-1
ワーグナー	《タンホイザー》 高辻知義=訳	35566-8
プッチーニ	《トスカ》 坂本鉄男=訳	35567-5
ヴェルディ	《椿姫》 坂本鉄男=訳	35568-2
ロッシーニ	《セビリャの理髪師》 坂本鉄男=訳	35569-9
プッチーニ	《ラ・ボエーム》 小瀬村幸子=訳	35570-5
ヴェルディ	《アイーダ》 小瀬村幸子=訳	35571-2
ドニゼッティ	《ランメルモールのルチーア》 坂本鉄男=訳	35572-9
ドニゼッティ	《愛の妙薬》 坂本鉄男=訳	35573-6
マスカーニ レオンカヴァッロ	《カヴァレリア・ルスティカーナ》 《道化師》 小瀬村幸子=訳	35574-3
ワーグナー	《ローエングリン》 高辻知義=訳	35575-0
ヴェルディ	《オテッロ》 小瀬村幸子=訳	35576-7
ワーグナー	《パルジファル》 高辻知義=訳	35577-4
ヴェルディ	《ファルスタッフ》 小瀬村幸子=訳	35578-1
ヨハン・シュトラウスⅡ	《こうもり》 田辺秀樹=訳	35579-8
ワーグナー	《さまよえるオランダ人》 高辻知義=訳	35580-4
モーツァルト	《フィガロの結婚》 改訂新版 小瀬村幸子=訳	35581-1
モーツァルト	《コシ・ファン・トゥッテ》 改訂新版 小瀬村幸子=訳	35582-8

※各品番はISBNの978-4-276-を略して表示しています